SOKO Besemi III
Neckarelz on fire

AF237041

Juergen von Rehberg

SOKO Besemi III
Neckarelz on fire

*Bibliografische Information der Deutschen National-
bibliothek:*
*Die Deutsche Nationalbibliothek verzeichnet diese
Publikation in der Deutschen Nationalbibliografie;
detaillierte bibliografische Daten sind im Internet
über http://dnb.dnb.de abrufbar.*

© *2021 Juergen von Rehberg*

**Herstellung und Verlag: BoD – Books on Demand,
Norderstedt**
ISBN: 9783755753773

Die Sirene, welche normalerweise die Florianijünger zum Einsatz ruft, heulte in einem kleinen Dorf am Neckar äußerst selten.

Wenn es geschah, dann eher als Weckruf für eine allfällige Übung oder gelegentlich, wenn aus Unachtsamkeit wieder einmal ein Essen angebrannt war.

Das änderte sich schlagartig, als die örtliche Tageszeitung mit einer reißerischen Headline aufwartete:

„Neckarelz on fire – Brandstifter schlug wieder zu."

Als KOR Elke Storm von ihrem Chef darüber in Kenntnis gesetzt wurde, mit dem Hinweis, dass die SOKO Besemi angefordert worden wäre, hielt Elke das Ganze für einen verspäteten Aprilscherz.

Dass jedoch die Serie der Brandlegungen schon mehrere Monate andauerte und inzwischen zwei Todesopfer zu beklagen waren, änderte Elkes Einschätzung auf der Stelle.

„Wieso die Soko und nicht die Kollegen vor Ort?", fragte Elke, worauf ihr Chef antwortete:

„Du und deine Mädels werdet nicht als Polizistinnen auftreten, sondern undercover ermitteln.

*In Mosbach, das ist die offizielle Bezeichnung der Stadt, zu welcher Neckarelz gehört, gibt es eine Einrichtung, die sich **Care and Help** nennt. Da sind benachteiligte Jugendliche untergebracht."*

Elke wurde hellhörig, als sie das hörte. Ihr ahnte nichts Gutes.

„Ihr werdet dort, im Rahmen eines Studienprojektes, als Austausch-Betreuerinnen agieren; aber in einem Hotel in Neckarelz wohnen.

So bewegt ihr euch unter Einheimischen und könnt Augen und Ohren offenhalten. Der Polizei gegenüber ist der Dorfbewohner eher zurückhaltend."

„Ich denke, es ist eher umgekehrt", versuchte Elke Widerspruch einzulegen, *„Fremden gegenüber ist man doch eher verschlossener."*

„Da irrst du dich gewaltig, meine Liebe", erwiderte Elkes Chef, *„aber selbst, wenn; es ist die Entscheidung von oben."*

„Ich kann mir nicht vorstellen, dass meine Mädels da mitmachen. Es sei denn, man befiehlt es ihnen."

Elkes Laune wurde zusehends schlechter. Dieser Einsatz war so gar nicht nach ihrem Geschmack.

„Natürlich werdet ihr nicht gezwungen den Auftrag anzunehmen. Es ist mehr ein Vorschlag, eine Idee, oder von mir aus, eine Bitte."

Es war offenkundig, dass sich Elkes Chef gerade sehr unwohl fühlte.

„Die man aber nur sehr schwer abschlagen kann", ergänzte Elke das Gesagte ihres Chefs.

„KOK Pföhler hat bereits zugestimmt. "

Elkes Chef hatte seinen Joker ausgespielt.

„Wie du ja weißt, stammt sie aus diesem Dorf, und es ist ihr ein großes Anliegen, dass dieser Feuerteufel und Mörder gestoppt wird, damit die Menschen dort wieder ruhig schlafen können. "

„Soso", erwiderte Elke, *„Biggi hat schon zugestimmt. Gehe ich recht in der Annahme, dass du die restlichen Mitglieder meiner Truppe auch schon hinter meinem Rücken kontaktiert hast? "*

„Sachte, sachte, Frau Kriminaloberrat", erwiderte Elkes Chef, *„achte bitte auf deinen Ton. "*

„Entschuldige, Sven", sagte Elke, die zwar schon seit einiger Zeit mit ihrem Chef per DU war, aber niemals ihm gegenüber respektlos aufgetreten war. Bis auf gerade eben.

„Es liegt an dem Auftrag, genauer gesagt auf die Art der Tarnung, die vorgesehen ist. Ich sehe uns nicht als Betreuerinnen für behinderte Jugendliche. Und ob da die anderen mitmachen werden; ich weiß nicht... "

„Am besten, du fragts sie, meine Liebe", erwiderte Sven, *„und dann reden wir noch einmal darüber. Und noch etwas, es geht nicht um Behinderte. "*

*****

Elke hatte mit ihren Kolleginnen ein Treffen vereinbart, ohne den genauen Grund dafür zu nennen. Als Ort der Zusammenkunft hatte sie Regensburg gewählt, weil es annähernd gleich weit weg von Krems und Stuttgart liegt.

„Wieso hast du uns hierhergeholt?", fragte Eva Anna, als sie alle am Abend im Restaurant ihres Hotels zusammensaßen.

„Weil ich euch eine wichtige Frage stellen muss", antwortete Elke.

„Und das wäre nicht am Telefon gegangen?", fragte Marianne.

„Jetzt lass sie doch erst einmal ausreden", fuhr Biggi dazwischen.

„Und warum sagst du nichts?", setzte Eva Anna nach.

„Weil ich weiß, worum es geht", antwortete Biggi.

„Kann ich jetzt wieder?"

Elke schaute ihre Kolleginnen der Reihe nach an. Sie musste daran denken, wie unterschiedlich sie waren, und dass jede von ihnen ein wertvolles Mitglied im Team war.

„Zunächst freue ich mich, dass uns ein neuer Fall wieder zusammengeführt hat. Ein Fall, der nicht wie jeder andere ist."

„Ist nicht jeder Fall anders?"

„Natürlich, Eva", antwortete Elke, *„aber glaube mir, dieser Fall ist äußerst speziell. Genauer gesagt, die Begleitumstände unserer Ermittlungsarbeit."*

„Das musst du uns schon etwas genauer erklären", erwiderte Eva Anna, und dann schilderte Elke, auf welche Weise die Ermittlungen durchgeführt werden sollen.

Nachdem Elke mit ihren Ausführungen am Ende war, übergab sie das Wort an Biggi.

Biggi bekam einen trockenen Mund, als sich die Blicke ihrer Mitstreiterinnen bei ihr bündelten. Sie starrte wie gelähmt in die erwartungsvollen Gesichter, unfähig auch nur einen Ton zu sagen.

„Was ist mit dir? Was geht ab in deinem Hometown?", flachste Babs. *„Ist es so schlimm, dass es dir die Sprache verschlagen hat?"*

Babs sprach damit die Tatsache an, dass Biggi schon seit Jahren ihren Wohnsitz von Neckarelz nach Stuttgart verlegt hatte, um näher bei der Arbeit sein zu können.

„Was Babs weiß, aber ihr anderen nicht", begann Biggi endlich zu reden, *„Neckarelz ist meine ehemalige Heimat. Ich habe hier bis vor ein paar Jahren gewohnt und gelebt.*

Und was da gerade passiert, ist nicht nur schrecklich, es berührt mich auch sehr. Es geht um Menschen, die ich kenne."

„Das verstehen wir, Biggi", erwiderte Marianne, „aber so ganz verstehen wir noch immer nicht, was wir hier sollen? Zumindest, was mich angeht."

„Die hiesige Polizei sucht verzweifelt nach dem oder den Tätern", antwortete Biggi, „aber bisher ohne Erfolg. Sie geht davon aus, dass der Täter einer von hier sein muss."

„Und du tust das nicht?", fragte Eva Anna.

„Nein", antwortete Biggi, „das ist keiner von hier."

„Warum bist du dir so sicher?", fragte Eva Anna.

Biggi zuckte mit den Schultern, sagte dann aber:

„Es ist so ein Gefühl…"

Marianne und Eva Anna sahen sich fragend an.

„Egal; wie auch immer", übernahm Elke nun wieder das Wort. „Es geht darum, ob ihr der hiesigen Polizei, und vor allem Biggi, unter den vorgegebenen Bedingungen helfen wollt."

„Was meinst du, Babs?", fragte Marianne, und Babs antwortete:

„Ich arbeite ja mit Biggi schon eine Zeit lang eng zusammen, und was ihren Spürsinn betrifft, so ist das ihre beste Waffe.

Wir sollten ihr vertrauen, wenn ihr mich fragt. Ich mach es zu einhundert Prozent.

Übrigens ist unsere liebe Kollegin seit kurzem Hauptkommissarin, und das nicht zuletzt wegen ihres formidablen Spürsinns. "

Babs hatte Biggis Beförderung nicht ohne eine ordentliche Portion Stolz angeführt.

Marianne und Eva Anna brachten Glückwünsche aus und Elke überreichte den Blumenstrauß, der in der Ecke lag, und von dem die beiden österreichischen Kollegen nicht wissen konnten, wozu er gut sein sollte.

„Herzlichen Glückwunsch von uns allen, liebe Hauptkommissarin Biggi und weiterhin viel Erfolg für deine Laufbahn!"

Biggi wurde augenblicklich verlegen und Tränen stiegen ihr in die Augen.

„Ja, wenn das so ist, dann sollten wir der Kollegin Pföhler beistehen", sagte Eva Anna und hielt ihre Hand zum *„Einer für alle – alle für einen"* – Schwur entgegen, und die anderen stiegen lachend mit ein.

*****

Das Hotel, von welchem Elkes Chef gesprochen hatte, war ein gut bürgerliches Gasthaus mit Namen „Schwanen", mit eigener Metzgerei und diversen Fremdenzimmern.

Elke war zunächst leicht verärgert, dass ihr Chef ihr etwas von einem Hotel erzählt hatte, das gar keines war; wurde aber dadurch versöhnt, dass es auf den Zimmern WLAN gab und TV.

Hinzu kam, dass Heike Krieger, die Wirtin des Gasthauses, eine überaus freundliche, jüngere Frau war, mit dem Herz am rechten Fleck.

„Wenn Sie irgendetwas brauchen, dann wenden Sie sich bitte an mich; ich werde es umgehend besorgen."

Dieser verbale Willkommensgruß war keine der üblichen Floskeln in diesem Gewerbe, es war ein Versprechen, an dessen Redlichkeit nicht der Hauch eines Zweifels lag.

Biggi hatte Elke zwar angeboten, sie könne bei ihr Quartier beziehen, was Elke jedoch ablehnte, mit der Begründung, dass ihre Tarnung eventuell dadurch gefährdet sein könnte und dass sie sich nicht über die restlichen Mitglieder der Soko stellen wollte.

Es kam schon am ersten Abend zu einer Begegnung mit den Einheimischen.

Ein großer, runder Tisch, unmittelbar vor der Theke, war ganz bestimmten Personen vorbehalten.

Ein überdimensionaler Aschenbecher mit einem Schild aus Kupfer darüber wies darauf hin, dass dies der Stammtisch wäre. Und obwohl striktes Rauchverbot herrschte, hatte dieses Utensil noch immer seinen festen Platz.

Die Herren, die um dieses spezielle Möbelstück versammelt saßen – wohl gemerkt alles Herren, keine Damen – waren ausschließlich Einheimische aus den verschiedensten Berufsgruppen.

Es waren dies Frisör, Kaufmann, Tischler, Landwirt, Bäcker und der eine oder andere Rentner.

Die täglich abzuarbeitenden Themen stammten ebenso aus der hohen Politik, dem Vereinsleben, wie auch aus Lokalem und allgemeinem Dorftratsch.

Jawohl, auch Männer geben sich gelegentlich gerne und genüsslich dieser, sonst eher Frauen vorbehaltenen Domäne, hin.

An einem Tisch, unweit des Stammtisches, hatte die Wirtin einen fixen Platz für die Mitglieder der Soko hergerichtet.

Heike Krieger war die Cousine von Biggi und absolut vertrauenswürdig. Biggi hatte ihre Cousine, nach Absprache mit Elke, über die wahre Identität der Mädels in Kenntnis gesetzt.

Durch die Verwandtschaft der beiden Frauen fiel es auch nicht auf, wenn Biggi gelegentlich im „Schwanen" auftauchte.

Und an Festtagen, wie Kerwe[1] half Biggi bei ihrer Cousine auch schon einmal als Kellnerin aus.

„Was sind das für Frauen?"

Es war keine sonderliche Überraschung, dass diese Frage, an Heike gestellt, die Gemüter am Stammtisch bewegten.

„Das sind Damen aus Österreich und Deutschland", erklärte Heike, *„die arbeiten im Rahmen eines Studienprojektes bei **Care und Help** in Mosbach."*

Erstaunen und Bewunderung vermischten sich in den Gesichtern der Fragenden.

„Und die wohnen jetzt bei dir?", fragte Egon Hase, Friseurmeister und von Berufs wegen neugierig.

„Ja, Egon", antwortete Heike, *„aber vielleicht hättest du ja Zimmer für sie. Dann könnten sie bei dir wohnen."*

Heikes Antwort trug zu einer allgemeinen Erheiterung bei. Die oft flapsig wirkende Art war der Charme dieser Frau, der bei den Gästen immer gut ankam.

„Da wäre seine Helga aber gar nicht begeistert", steuerte Emil Heise, Tischler und Bestatter, bei.

Erneutes Gelächter trat ein.

---

[1] *Kirtag, Kirchweih*

*„Sollte man da nicht etwas für die Völkerverstän-
digung tun?"*

Es war Otto Lenz, Landwirt und Besitzer mehrerer
Häuser im Ort, der diese Frage in den Raum stellte.

Otto war verheiratet, Vater von zwei Kindern, ein
diplomiertes Schlitzohr und testosterongesteuert von
den Haarwurzeln bis zu den Zehenspitzen.

Sein Äußeres ließ eher auf einen braungebrannten
Womanizer schließen als auf einen, von der Arbeit im
Freien gegerbten Landwirt.

Und bevor einer der am Tisch versammelten Männer dazu Stellung nehmen konnte, sage Otto zu Heike:

*„Frag doch einmal, ob die Damen nicht zu uns an
den Tisch kommen wollen."*

Erwartungsvolle Freude trat in die Gesichter der
Stammtischbrüder. Nur einer war davon nicht sehr
angetan. Helmut Konrat, pensionierter Lehrer und
Leiter des örtlichen Männerchores sah darin ein Sakri-
leg. Stammtisch und Frauen; das passt einfach nicht.

„Ich kann sie einmal fragen", erwiderte Heike und
ging schmunzelnd zum Tisch der Ermittlerinnen.

*„Die Männer am Stammtisch laden euch ein, zu
ihnen zu kommen."*

„Die Dinge laufen genau in die richtige Richtung", erwiderte Elke, *„dann lasst uns die schönen Männer mit unserer Gesellschaft beglücken."*

Alle waren aufgestanden, um den Damen in gentlemanlike Manier Platz anzubieten.

Einzig Helmut Konrat blieb sitzen. Teils als Ausdruck seines stillen Protestes und teils aus durchaus vertretbaren Altersgründen.

„Von wo kommen sie, meine Damen?", fragte Egon Hase, und bevor die Damen darauf antworten konnten, fuhr ihm Hermann Englisch dazwischen:

„Sollten wir die Damen nicht erst einmal fragen, was sie trinken möchten?"

Egon Hase sah seinen Stammtischbruder vorwurfsvoll an. Es ärgerte ihn, dass er nicht selber auf diese, doch naheliegende Idee, gekommen war.

„Du hast natürlich völlig recht, Hermann", erwiderte Egon, *„wo bleiben nur meine guten Manieren?"* Und zu den Damen gewandt: *„Was dürfen wir für Sie bestellen? Vielleicht ein Eierlikörchen?"*

Helmut Konrat runzelte die Stirn. Er sah sich genötigt, einzugreifen.

„Ein Glas Wein, die Damen? Rotwein oder Weißwein?"

Babs war die erst, die darauf reagierte.

„*Für mich einen Roten. Wenn 's geht, einen Trollinger.*"

„*Wir kennen die deutschen Weine nicht so gut*", sagte Marianne, „*wir nehmen irgendeinen Weißwein.*"

„*Herb oder lieblich?*", fragte Egon.

Und wieder runzelte Helmut Konrad die Stirn.

„*Er meint trocken oder halbtrocken*", korrigierte der Herr Lehrer in Pension die Frage von Egon.

„*Trocken, bitte*", antwortete Marianne.

Heike hatte bisher schweigend und in hohem Grade amüsiert die Unterhaltung mitverfolgt.

„*Also einmal Trollinger für die Dame aus dem Schwabenland und zwei trockene Weißweine für unsere Gäste aus Österreich. Und was bekommt die liebe Elke?*"

„*Die liebe Elke bekommt ein Bier*", antwortete Elke, „*am liebsten ein frisch gezapftes Pils vom Fass.*"

„*Kommt sofort, meine Damen*", erwiderte Heike und begab sich hinter die Theke, um das Gewünschte zu holen.

„*Von wo genau kommen die Damen, wenn man fragen darf?*"

Otto Lenz startete mit seiner Charmeoffensive.

„I bin aus Schduargart[2]*"*, stellte sich Babs in ihrem unverkennbaren schwäbischen Dialekt vor, und Eva Anna schloss sich an:

„Wir sind zwei Mädels aus der Wachau."

„Das kenne ich", sagte Egon, *„das ist der Film mit Hans Moser und Ruth Leuwerik".*

„Blödsinn!", fuhr Bäcker Hermann dazwischen, *„das war nicht Ruth Leuwerik".*

„Wer sonst?", fragte Egon gereizt.

„Fragen wir doch unsere charmanten Damen aus Österreich", schlug Otto vor.

„Der Originalfilm hieß <Der Hofrat Geiger> und war mit Paul Hörbiger, Maria Andergast, Hans Moser und der jungen Waltraud Haas besetzt.

Später gab es weitere Inszenierungen, unter anderem mit Rudolf Prack und Conny Froboess. Da hieß der Film dann <Mariandl>, aber die Handlung war dieselbe."

Eva Anna staunte nicht schlecht über die präzise Ausführung ob des gesuchten Films.

---

[2] *Mundart für Stuttgart*

„Wieso weißt du das so genau?", fragte sie, und Marianne antwortete:

„Bei meinem Vornamen und unserer Zugehörigkeit zur Wachau muss ich das doch wissen, oder etwa nicht?"

„Und von wo kommst du?"

Charmeur Otto hatte sich der Frau mit dem pechschwarzen Haar zugewandt.

„Ich bin eine echt Hamburger Deern, mien Jung", antwortete Elke und blitzte den Provinz Don Juan mit ihren dunklen Augen an.

Ottos Puls stieg rasant in die Höhe. Hätte er gewusst, was Elke in diesem Augenblick über ihn dachte, wäre das wohl nicht passiert.

„Bitte sehr, meine Damen."

Heike brachte die gewünschten Getränke und stellte sie auf den Tisch. Zu Elke sagte sie:

„Dein Pils dauert etwas länger, kommt aber auch gleich."

„Das will ich wohl meinen", erwiderte Elke, *„ein richtig gezapftes Pils braucht seine Zeit."*

*****

Elke wurde vom Polizeirat Herbert Dörner schon erwartet.

„Hallo, Frau Dr. Storm. Ich freue mich sehr, Ihre Bekanntschaft zu machen."

„Ich freue mich ebenso", erwiderte Elke, *„aber den Doktor lassen wir schön weg. Ich nenne Sie Herbert, wenn Sie erlauben, und Sie nennen mich einfach Elke. Und liebe Grüße von meinem Chef."*

„Sehr gern", sagte Herbert Dörner, *„und danke für die Grüße. Ich habe Sven vor Jahren bei einem Seminar in Berlin kennengelernt."*

„Sie kennen sich?", erwiderte Elke erstaunt, *„davon hat er mir gar nichts gesagt."*

Das Treffen von Elke und dem örtlichen Polizeichef fand einige Kilometer außerhalb in einem Lokal statt, um Elkes Inkognito zu schützen.

Herbert Dörner griff in seine Aktentasche und entnahm ihr fünf Mappen, die er Elke, zusammen mit einem USB-Stick überreichte.

„Das sind die Unterlagen, die wir bisher gesammelt haben. Einmal schriftlich und einmal digital."

Elke nahm beides dankbar entgegen und fragte dann:

„Macht es Ihnen nichts aus, dass man Ihnen Hilfe von außen aufs Auge drückt?"

Der Polizeichef musste lachen ob der rustikalen Formulierung.

„Nein, nicht im Geringsten. Und schon gar nicht, wenn sie mir auf so charmante Weise aufs Auge gedrückt wird. "

Jetzt musste auch Elke über ihre eigene Formulierung lachen.

„Ich denke, wir werden gut zusammenarbeiten", sagte Herbert Dörner, *„ich gebe Ihnen meine private Nummer, damit Sie mich ständig erreichen können. "*

„Das ist sehr nett, Herbert", erwiderte Elke, und fragte dann unverblümt:

„Haben Sie Familie? "

„Nein", antwortete der Polizeichef, *„wieso fragen Sie? "*

„Einfach nur so", antwortete Elke. *„Kann man hier gut essen? "*

„Ich denke schon", antwortete Herbert Dörner, *„ich bin heute selbst zum ersten Mal hier. "*

„Dann werden wir das jetzt einfach ausprobieren, und Sie sind mein Gast", sagte Elke und winkte den Kellner herbei.

*****

Der Raum war nicht besonders groß, aber groß genug für zwei aneinandergestellte Tische mit 5 Stühlen und genügend Steckdosen, um einen Drucker und anderes Equipment anschließen zu können.

Er diente ursprünglich als Schlafzimmer für Heikes Großeltern, und er hatte zwei große Fenster, von denen man einen Blick auf den Marktplatz hatte.

Heike hatte ihn den Ermittlerinnen zur Verfügung gestellt. Und Herbert Dörner, der freundliche Polizeichef, hatte zusätzlich noch eine große Wandtafel vorbeibringen lassen. Außerdem bekam das Team über Babs vom LKA Stuttgart noch diverses andere technische Gerät.

„Dann ist das heute unser erstes offizielles Brainstorming in einem ganz speziellen Raum, der sicher viele Geheimnisse verbirgt", sagte Elke mit einem Augenzwinkern, im Hinblick auf seine frühere Verwendung.

„Ich habe vom Polizeirat Dörner Unterlagen bekommen, die er für uns in einer Mappe zusammengestellt hat. Derselbe Inhalt kann mittels USB-Stick auch auf den

Aber bevor wir uns dem zuwenden, müssen wir noch ein paar andere Dinge besprechen. Es geht darum, in welcher Funktion wir unsere Tarnung aufrechterhalten.

Ich habe ja im Vorfeld mit jeder von euch gesprochen, und ihr habt mir eure Fähigkeiten offengelegt. Dabei ist folgendes herausgekommen:

1. *Babs wird Französisch stundenweise unterrichten.*
2. *Eva Anna wird in der Verwaltung arbeiten.*
3. *Marianne, die Frau mit dem grünen Daumen, hat sich die Gärtnerei als Betätigungsfeld herausgesucht.*
4. *Und unsere Biggi hilft in der KITA aus.*
5. *Was mich betrifft, so werde ich als Pressereferentin auftreten, was mir insofern entgegenkommt, dass die Fotografie auch mein Hobby ist. So kann ich offiziell Fragen stellen, ohne Verdacht zu erregen.*

Damit wäre das geklärt, und ich hoffe, wir können alle mit dieser Situation gut umgehen.

Unsere neuen, ungewohnten Tätigkeiten werden wir natürlich nur stundenweise, bzw. maximal halbtags ausüben.

*Frau Bettina Banholzer, die Leiterin von **Care and Help**, ist die einzige Person, die in der Einrichtung Bescheid über unsere wahre Identität weiß. Sie wurde zuvor gründlich durchleuchtet und gebrieft."*

Elke schaute ihre Kolleginnen genau an. Sie konnte sich bei den vergangenen Aufgaben, welche die Truppe gelöst hatte, immer voll auf sie verlassen. Aber dieses Mal war es etwas anders.

Einfach in eine ungewohnte Rolle schlüpfen und nebenbei auch noch ermitteln, das war schon eine andere Nummer.

„Wissen die Leute hier eigentlich, was du beruflich machst?"

Marianne hatte die Frage an Biggi gerichtet.

„Nein", antwortete Biggi, *„als ich vor vielen Jahren von hier weggezogen bin, habe ich noch studiert. Nach dem Studienabbruch habe ich mich dann bei der Polizei beworben."*

„Du hast studiert?", fragte Marianne erstaunt.

„Ja; aber das war eine Fehlentscheidung."

„Was hast du denn studiert?", fragte nun Eva Anna, *„und wieso war das eine Fehlentscheidung?"*

„Das erkläre ich dir ein anderes Mal", antwortete Biggi, *„das würde jetzt zu weit führen."*

„Genauso ist das", mischte sich Elke ein, *„und außerdem haben wir jetzt Wichtigeres zu besprechen."*

„Aber ein paar Leute von hier werden doch wohl wissen, was du machst..."

Marianne gab nicht auf.

„Ja, sicher", antwortete Biggi, „meine Verwandten. Aber die reden nicht darüber, weil ich das nicht möchte."

Und bevor Marianne weiterforschen konnte, fuhr Biggi fort:

„Mir war das Abbrechen meines Studiums damals irgendwie peinlich. Ich war halt noch sehr jung."

„Nachdem wir diesen Sachverhalt eingehend geklärt haben, können wir uns ja nun einem anderen zuwenden."

Die Strenge, mit welcher Elke das gesagt hatte, zeigte Wirkung. Die Aufmerksamkeit des Teams kehrte augenblicklich zu Elke zurück.

Elke gab Biggi ein Zeichen, und Biggi schickte das erste Bild aus der Akte zum Bildschirm an der Wand.

„Das war bzw. sind die Reste des Wohnhauses der Familie Matt. Das Haus ist fast bis auf die Grundmauern niedergebrannt.

Bei dem Brand gab es keine Personenschäden, aber dafür einiges verbranntes Vieh, weil das Feuer auf die Stallungen übergesprungen ist.

Der Besitzer, ein gewisser Friedrich Matt hat wilde Beschimpfungen und Verdächtigungen ausgesprochen. Er ist ein eher unangenehmer Zeitgenosse. Aber dazu später mehr."

Biggi schickte ein weiteres Bild auf dem Bildschirm.

„Das ist das Wohnhaus der Familie Steinmann. Und hier gibt es auch den ersten Toten.

Karl Steinmann war Richter am Landgericht und in Pension. Er war ein recht scharfer Hund, so die Bezeichnung unter der Hand für einen Gesetzesmann, der drastische Strafen verhängt haben soll.

Zum Zeitpunkt des Brandes befand er sich allein im Hausinneren und konnte deshalb nicht fliehen, weil er als halbseitig Gelähmter das Haus nicht selbständig verlassen konnte."

Biggi zeigte ein neues Bild. Es zeigte eine Person.

„Das ist Torsten Bellheim, ehemaliger Redakteur der örtlichen Zeitung. Bei seinem Haus wurde ebenfalls ein Brand gelegt, der aber rechtzeitig entdeckt und gelöscht werden konnte.

Es gab noch weitere Brände, aber jedes Mal ohne Personenschäden und tote Tiere, mit einer Ausnahme. In einem freistehenden Heuschober ist ein älterer Mann verbrannt, der dort Unterschlupf gesucht hatte.

Es dürfte sich um einen Obdachlosen gehandelt haben, der wohl alkoholisiert war. Eine leere Schnapsflasche hat zumindest darauf hingewiesen.

Soweit ein erster Überblick über das, mit dem wir es hier zu tun haben und für dessen Lösung man uns angefordert hat."

„Was hat es mit diesem Friedrich Matt auf sich?", fragte Babs, als Elke mit ihren Ausführungen am Ende war.

„Dieser Herr ist ein bekennender Rassist und Flüchtlingsgegner. Er ist Mitglied einer Partei, die sich gegen alles Fremde ausspricht und den Begriff <Heimat> wieder sehr hochhängt."

„Magst du den Begriff <Heimat> nicht?", fragte Babs, worauf Elke antwortete:

„Nicht in dem Kontext, den dieser Herr mit dem Begriff herstellt", antwortete Elke etwas verwundert.

„Friedrich Matt wird für das Amt des Präsidenten des Deutschen Bauernbundes gehandelt und soll demnächst sogar das Bundesverdienstkreuz bekommen."

„Und wie sieht dein Schlachtplan aus?", fragte Eva Anna, *„du hast doch einen – oder?"*

Eva Anna sah Elke erwartungsvoll an. Elke zögerte, und man hätte meinen können, in ihrem Gesicht Hilflosigkeit zu erkennen.

„Wir müssen sehr bedacht vorgehen", sagte Elke, *„die Fragen, die wir stellen, dürfen nicht aufdringlich wirken, eher beiläufig. So, wie bei einer Jagd; weil*

wir sonst das Wild erschrecken, das wir jagen und auch zur Strecke bringen wollen…"

*****

Es waren inzwischen einige Tage vergangen, und die Ermittlerinnen hatten ihre Pseudo-Beschäftigungen bei **Care and Help** aufgenommen.

Bettina Banholzer, die Leiterin der Einrichtung, hatte den vier Damen der Soko alles gezeigt und sie in ihr künftiges Arbeitsgebiet eingeführt.

Care and Hope ist eine Einrichtung für Menschen jeden Alters, die finanziell nicht auf der Sonnenseite des Lebens angesiedelt sind.

Sie umfasst Betreuung, Ausbildung und Pflege für diese Menschen, und sie wird vom Land gefördert.

Babs, die durch und durch frankophile[3] Aushilfslehrerin für Französisch, kam bei ihren Schülern sehr gut an.

Eva Anna war mit ihrem fundierten Wissen in Sachen IT und EDV bei den Damen in der Verwaltung höchst willkommen.

---

[3] *Frankophilie – die Liebe von Nicht-Franzosen für alles Französische*

Und Marianne, die Frau mit dem Grünen Daumen, war sowieso in ihrem Element. Der Garten in ihrem Zuhause war ein klarer Beweis ihrer gärtnerischen Fähigkeiten.

Am meisten geliebt wurde wohl Biggi, die sich für die Mitarbeit in der Kita gemeldet hatte.

Die Kinder hingen gebannt an Biggis Lippen, wenn diese ihrer Lieblingsbeschäftigung nachging – dem Vorlesen.

Elke bewegte sich mit ihrem Fotoapparat in der Einrichtung hin und her, um all das zu dokumentieren. Damit war erst einmal der Grundstein für ein – hoffentlich erfolgreiches – Ermitteln gelegt.

*****

Es war schon zu einer lieben Gewohnheit geworden, dass die Stammtischbrüder und die Ermittlerinnen am Abend gemütlich zusammensaßen und über alles Mögliche referierten.

Elke und ihre Kolleginnen hatten es anfänglich vermieden, über den Zweck ihres Aufenthaltes im Dorf mit den Stammtischbrüdern zu reden.

Sie hatten es als ein Rätsel verpackt, das es zu lösen gab. Alle bisherigen Versuche, denen die Männer mit großem Vergnügen bisher nachgekommen waren, waren jedoch gescheitert. Heute sollte das Geheimnis aber endlich gelüftet werden.

*„Wir sind im Rahmen eines Austauschprogramms bei **Care and Help** tätig"*, erklärte Elke, und stellte ihre Kolleginnen als Fachkräfte in ihren jeweiligen Berufen vor.

Bewunderung und Anerkennung vermischten sich und wurden von den anwesenden Herren auch deutlich zum Ausdruck gebracht.

„Wir möchten euch gerne einladen, weil ihr uns so nett in eurer Runde aufgenommen habt", sagte Elke abschließend und winkte die Wirtin herbei.

„Liebe Heike, bring uns bitte eine Runde und schreibe sie bei mir an."

Diesem Beispiel schlossen sich alsbald einige der Herren an, und schon bald befand sich die Stimmung auf dem Höhepunkt.

Elke sah darin endlich den Zeitpunkt als gekommen, eine kleine Informations-Offensive zu starten.

„Wir haben gehört, bei euch geht ein Feuerteufel um. Stimmt das?"

„Und ob das stimmt", antwortete Egon Hase augenblicklich, *„das stand sogar in der Zeitung und das Fernsehen war auch schon da."*

„*Sogar mit dir als Hauptdarsteller*", sagte Otto Lenz. Der Dorf-Don-Juan konnte sich diese Bemerkung einfach nicht verkneifen, was den Friseurmeister jedoch eher beflügelte als verärgerte.

„*Das stimmt*", bestätigte Egon Hase mit gespielter Bescheidenheit, „*die haben nämlich ein Interview mit mir gemacht.*"

„*Und hat man den Täter schon gefasst?*", fragte Babs.

„*Nein*", antwortete Emil Heise, „*unsere Polizei ist viel zu blöd dazu.*"

„*Na, na!*", sagte Helmut Konrat tadelnd, denn als ehemaliger Beamter konnte er diesen Affront der Staatsgewalt gegenüber nicht unwidersprochen stehen lassen.

„*Ich glaube, das ist einer von der Feuerwehr.*"

Mit dieser Bemerkung hatte Otto Lenz voll in ein Wespennetz gestochen, und damit Hermann Englisch arg herausgefordert.

Der Bäckermeister war aufgesprungen.

„*Du spinnst wohl*", sagte er mit schriller Stimme, „*das nimmst du sofort zurück. Sonst...*"

„*Sonst was?*", erwiderte Otto. Der Landwirt war ebenfalls aufgesprungen und hatte sich bedrohlich in Position gebracht.

„Schluss damit!"

Helmut Konrat, Lehrer in Pension und Respektsperson, hatte ein Machtwort gesprochen.

„Setzt euch hin und benehmt euch! Was sollen die Damen von uns denken?"

„Es tut uns leid, wenn wir Verursacher für diesen Streit waren", sagte Elke. *„Wenn Sie möchten, dann setzen wir uns woanders hin."*

Heftiger Widerspruch war die Bestätigung dafür, dass Elke das Frage- und Antwortspiel erfolgreich gestartet hatte, und dass ihr die Stammtischbrüder willig aus der Hand fraßen.

Dass Hermann Englisch so heftig reagiert hatte, lag daran, dass er mit Ludwig Spohrer, dem Kommandanten der Feuerwehr, verwandt war.

Und Otto Lenz wäre wohl der kompetente Ansprechpartner für weitere Befragungen. Man musste lediglich einen guten Zeitpunkt dafür erwischen.

*****

Der Kriminalrat hatte Elke um ein weiteres Treffen gebeten.

„Friedrich Matt ist tot. Er wurde ermordet."

34

Mit dieser Information begrüßte Herbert Dörner seine Kollegin.

„Und gibt es schon einen Verdächtigen?", fragte Elke.

„Nein, die Tat ist gerade einmal ein paar Stunden her."

„Vielen Dank, Dass Sie mich so schnell informieren", sagte Elke.

Herbert Dörner sah seine Kollegin fast liebevoll an. Dann sagte er:

„Wollen wir das SIE nicht weglassen?"

„Von mir aus gerne", antwortete Elke, und die Schnelligkeit, mit welcher Elke auf die Frage geantwortet hatte, stimmte Herbert hoffnungsfroh.

Er hatte sich in diese Frau schon bei ihrer ersten Begegnung verliebt. So tough er in seinem Beruf war, so wenig war er das im Umgang mit Frauen.

Elke hatte das längst bemerkt, und sie beschloss, eine kleine Brücke zu diesem Mann zu bauen, den sie sehr mochte. Und vielleicht war ja da sogar noch ein bisschen mehr.

Sie legte ihre Hand auf den Arm von Herbert und sagte:

„Wie wäre es, wenn wir das bei einem gemütlichen Abendessen näher besprechen? Und dieses Mal darfst du bezahlen."

„Was meinst du mit besprechen?", fragte Herbert, *„den Mord an Friedrich Matt?"*

„Nein, das meine ich nicht", antwortete Elke, *„über den reden wir jetzt. Und am Abend reden wir über etwas ganz anderes, etwas viel Schöneres."*

Eine leichte Verlegenheit, die sich nicht zuletzt auch in einer veränderten Gesichtsfarbe widerspiegelte, zeigte Elke, dass Herbert Dörner kein Macho war, wie so viele Männer davor, denen Elke eine Chance gegeben hatte, und das erfreute sie.

*****

Ludwig Spohrer war der Kommandant der Neckarelzer Feuerwehr und ein Mann, der in sich selbst ruhte. Sein Markenzeichen waren Stumpen[4], die er leidenschaftlich gerne rauchte.

Elke hatte ihn aufgesucht und sich als Projektleiterin und Pressereferentin bei **Care und Help** vorgestellt, die nebenbei eine Reportage über die Feuerwehr machen möchte. Sie bat ihn, auf der Feuerwache vor-

---

[4] *Maschinengefertigte, kurze, dicke Zigarren*

beischauen zu dürfen, um ein paar Bilder zu schießen und einige Interviews zu führen.

Lui Spohrer, wie er von den Kameraden liebevoll genannt wurde, zögerte anfänglich, weil ihm der „Rummel" – so seine Bezeichnung für Elkes Vorhaben – nicht so recht schmecken wollte.

Schließlich erlag er dann aber doch Elkes unwiderstehlichem Charme und stimmte zu.

Elke hatte – auf Anraten von Heike – zwei Kisten Bier ins Auto geladen und war damit zur Feuerwehrwache gefahren. Dort bat sie einen der anwesenden Florianijünger die Kisten auszuladen, um sie als „Löschmittel" für durstige Feuerwehrleute zu übergeben.

„Die werden aber erst nach dem Dienst getrunken", sagte Lui Spohrer, um Elke auf die rechtmäßige Verwendung der alkoholischen Getränke hinzuweisen.

Elke machte ein Bild hier, eines da und am Ende noch ein Gruppenbild. Sie versprach den Anwesenden, Abzüge zu machen und sie dem Kommandanten zukommen zu lassen.

Dann begann sie mit ihren Interviews. Beginnend mit allgemeinen Fragen, ging sie langsam dazu über, das Thema Brandstiftung anzuschneiden.

Bei der Frage, ob sich jemand vorstellen könnte, dass der Übeltäter in den eigenen Reihen zu finden sein könnte, stieß sie auf eine einhellige und äußerst heftige Verneinung. Lui Spohrer war in Rage geraten. Er brachte es klar auf den Punkt:

„Für meine Männer lege ich die Hand ins Feuer."

Wäre sie ein Mann gewesen, hätte die Verneinung durchaus auch nonverbal ausfallen können.

*****

Marianne wurde mit offenen Armen in der Gärtnerei aufgenommen.

„Wir sind hier notorisch unterbesetzt."

Mit diesen Worten begrüßte Augusta Müller ihre neue Mitarbeiterin. Augusta war eine wohlgenährte Frau mit einem von der Sonne gegerbten, braungebrannten Gesicht.

Altersmäßig hätte sie schon längst ein wohlverdientes Rentnerdasein fristen können; aber sie wollte ihre Kinder – so nannte sie Obst und Gemüse – nicht alleinlassen. Und die vielen Blumen natürlich auch nicht.

Die Anlage war riesig. Die Erträge bedienten nicht nur den Eigenbedarf von **Care and Help**, sondern auch die umliegenden Hotels und Gasthöfe. Und einen Hofladen gab es auch noch.

Marianne brauchte nicht lange, um Augusta von ihren Fähigkeiten zu überzeugen.

„Man sieht, dass du Ahnung hast", sagte Augusta, *„ich meine, so richtig Ahnung."*

„Ich habe zuhause selbst einen Garten", erwiderte Marianne lachend, *„aber meiner ist etwas kleiner als deiner."*

Jetzt lachte auch Augusta, und ihr Lachen war wie de aufgehende Sonne.

„Du müsstest eigentlich Aurora[5] heißen",

„Wieso?", fragte Augusta erstaunt, *„gefällt dir mein Name nicht?"*

„Doch, doch", erwiderte Marianne, und sie verzichtete darauf, Augusta den Sinn zu erklären, der hinter ihrer Bemerkung steckte.

Die größte Freude bei ihrer Arbeit empfand Marianne bei den Blumen. Im Vergleich zu ihren eigenen, war das, was sie hier vorfand, ein Mehrfaches an Menge und Vielfalt.

„Wie lange machst du das schon, Augusta?", fragte sie, *„und wie lange willst du das noch machen?"*

„Das ist schon nicht mehr wahr", antwortete Augusta, *„und machen werde ich das, bis ich tot umfalle.*

---

[5] *In der Mythologie - römische Göttin der Morgenröte.*

Ich hoffe nur, dass ich dann ein paar von den Blumen auf mein Grab bekomme."

Diese Worte rührten Marianne, und sie konnte nicht umhin, Augusta spontan zu umarmen und zu sagen:

„Da bin ich mir sehr sicher, Augusta. Und wenn nicht, dann komme ich persönlich vorbei und erledige das."

*****

Biggi war überrascht, dass ihre Arbeit in der KITA so geschätzt wurde. Gut, sie las den Kindern Geschichten vor. Das war eine Tätigkeit, die sie sehr gut konnte. Das hatte sie schon als Kind gemacht.

Anstatt, dass die Mutter ihr vorlas, las sie der Mutter vor. Und das mit allem kindlichen Eifer.

„Die Kinder mögen dich sehr", sagte eine der vier anderen jungen Frauen, die in der KITA arbeiteten, und in ihrer Stimme lag fast ein wenig Wehmut drin.

„Dich mögen sie aber auch sehr", erwiderte Biggi und sah die junge Frau lächelnd dabei an.

Petra Hornung war ein eher schüchternes, scheues Wesen, und man hätte glauben können, dass sie für den Beruf nicht wirklich geeignet wäre.

„Meinst du?", erwiderte Petra, und die Art, wie sie es gesagt hatte, ließ erkennen, dass Selbstzweifel ihr ständiger Begleiter waren.

„Ja sicher", sagte Biggi, *„das kann man ganz klar erkennen."*

Freude stieg in Petras Gesicht und ließ ihre Wangen leicht erröten.

„Ich sehe, du trägst einen wunderschönen Ring", sagte Biggi, *„ist der von einem Verehrer?"*

So schnell die Freude gekommen war, ebenso schnell war sie wieder verschwunden.

Petra drehte den Ring an ihrem Finger nervös hin und her. Die Frage war ihr offensichtlich unangenehm.

„Entschuldige Petra", sagte Biggi, *„ich wollte nicht indiskret sein."*

„Nein, nein", erwiderte Petra, *„ist schon gut..."*

Es folgte betretenes Schweigen von beiden Seiten. Biggi wollte sich gerade abwenden, als Petra sagte:

„Der ist von Lars. Wir waren verlobt."

„Was heißt, ihr wart verlobt?", erwiderte Biggi, *„seid ihr es denn nicht mehr?"*

„*Nein, er hat jetzt eine andere*", antwortete Petra leise.

„*Das tut mir sehr leid, Petra*", sagte Biggi, „*der Kerl hat dich gar nicht verdient.*"

Biggi wollte an dieser Stelle das Gespräch schon beenden, als Petra fortfuhr:

„*Es ist auch besser so. Lars ist kein Guter. Er hat sogar einmal versucht, in die Kasse der KITA zu greifen; aber ich habe ihn erwischt und habe es verhindert.*

Da wurde er richtig sauer und hat mich beschimpft. Er ist gemein und faul. Bei der Feuerwehr haben sie ihn auch rausgeschmissen."

Als Biggi das hörte, wurde sie hellhörig.

„*Wie lange ist das her?*"

„*Das mit der Kasse oder mit der Feuerwehr?*", fragte Petra.

„*Ich meine das mit der Feuerwehr*", antwortete Biggi, worauf Petra sagte:

„*Ein paar Monate, glaube ich. So genau weiß ich das auch nicht mehr. Aber wenn du möchtest, dann finde ich es für dich heraus.*"

Biggi lehnte dankend ab. Sie fragte sich, warum die junge Frau noch immer den Ring von einem Mann am Finger trug, der sie enttäuscht und ihr wehgetan hatte.

„Wenn du möchtest, dann können wir ja nach Feierabend einmal etwas trinken gehen."

Dieses Angebot von Biggi kam sehr spontan und wurde von Petra dankend entgegengenommen.

Petra strahlte Biggi an, wie man einen Menschen anstrahlt, der gerade zur Freundin geworden war.

„Ich mag dich auch, Biggi", sagte Petra, und wandte sich schnell ab, damit man ihre Verlegenheit nicht erkennen konnte.

*****

Ein weiterer Abend in der Stammtischrunde war schon etwas fortgeschritten, als die Tür aufging und ein älterer Mann eintrat.

„Das ist Guido Steinle", flüsterte Egon Hase Elke ins Ohr, *„das war früher unser Dorfsheriff."*

Elke fragte sich, ob es in diesem Dorf etwas geben könnte, worüber der Friseurmeister nicht Bescheid wüsste. Es liegt wohl daran, dass dieser Berufsstand quasi ein Dorf interner Nachrichtendienst ist.

Guido Steinle kam ursprünglich aus Sachsen und „machte Anfang der Fünfziger in den Westen."

Diese Formulierung hörte man öfter von Personen, die aus der DDR weggingen, um ein besseres Leben zu finden.

Guido trat an den Tisch heran und klopfte mit den Fingerknöcheln – eine charakteristische Handbewegung von Neuankömmlingen in der Runde – auf den Tisch.

„Hallo Guido. Du warst schon lang nicht mehr hier."

Emil Heise begrüßte mit diesen Worten den Stammtischbruder, der sich einen Stuhl von einem der Nachbartische heranzog und sich einreihte.

Guidos vorwurfsvoller Blick galt den Damen am Tisch, deren Anwesenheit ihn dazu verleitete, sich kryptischen darüber zu äußern.

„Es hat sich einiges verändert, seit ich das letzte Mal hier war."

„Warst du krank oder warst du wieder einmal drüben?"

Otto Lenz, der Schelm in der Runde, liebte es, den älteren Guido, in Hinblick auf seine Herkunft und seinen Dialekt, gelegentlich vorzuführen.

Helmut Konrat, der dies nicht im Geringsten goutierte, hatte es schon vor langer Zeit aufgegeben, Otto diesbezüglich zu maßregeln, zumal er selbst ein Heimatvertriebener war, und sich somit auf dünnem Eis bewegte.

Allein die Tatsache, dass er den Männergesangverein leitete und stellvertretender Bürgermeister war, bewahrte ihn vor dem Zynismus des Landwirtes.

Guido sah Otto nur an, sagte aber nichts.

Das wiederum reizte Otto, und er beschloss sein Werk fortzusetzen.

„Was sagst du zu unserem Zuwachs? Fünf hübsche Damen aus Stuttgart und Österreich."

„Und aus Hamburg", ergänzte Elke.

Guido nahm es zur Kenntnis, sagte aber noch immer nichts. Die Stimmung wurde zusehends kritischer.

Heike, die das mitbekommen hatte, kam an den Tisch und sagte:

„Hallo Guido; schön, dass du wieder einmal hier bist. Einen Rotwein wie immer?"

„Vielen Dank, Heike", erwiderte Guido, *„und mach uns bitte eine Runde."*

Heike zögerte einen Moment, fragte dann aber:

„Auch für die Damen?"

„*Natürlich, Heike*", antwortete Guido, was alle Anwesenden überraschte.

„*Das ist sehr freundlich von Ihnen, Herr Guido*", sagte Elke, „*ich sehe aber, dass Ihnen unsere Anwesenheit an diesem Tisch unangenehm ist.*

Wir können uns natürlich auch an unseren Tisch zurückziehen, wenn Sie das möchten. Die Getränkespende nehmen wir jedoch sehr gerne an."

Tumult setzte ein. Alle Stammtischler, Helmut Konrat ausgenommen, protestierten aufs Heftigste.

Guido machte dem ein Ende, indem er laut sagte:

„*Seid still, ihr Narren! Die Damen können selbstverständlich bleiben.*"

Die Situation war herrlich skurril. Guido hatte sich über Jahrzehnte seinen sächsischen Dialekt mühsam aberzogen, fiel ihm aber in diesem Augenblick, bedingt durch die Aufregung, gnadenlos anheim.

Das wiederum hatte zur Folge, dass der ganze Stammtisch, Männlein wie Weiblein, lauthals zu lachen begann.

Und als Guido nach wenigen Schrecksekunden sich ihnen anschloss, war das Problem gelöst worden, einfach nur durch ein herzliches Lachen.

Das wusste schon der französische Dramatiker Pierre Augustin Caron Beaumarchais, der sagte:

„Ich beeile mich, über alles zu lachen, um nicht gezwungen zu sein, darüber zu weinen."

*****

„Wohin fahren wir?"

Elke hatte den Kriminalrat um eine Unterredung gebeten und saß nun in dessen Auto.

„Lass dich überraschen, verehrte Kollegin; es wird dir gefallen."

Die Fahrt führte am Neckar entlang, und als Herbert Dörner die Bundesstraße verließ und auf die Brücke zufuhr, welche den Neckar überquert, sah Elke schon die Silhouette der Stadt mit dem Blauen Turm[6] und dem Roten Turm.[7]

„Das gefällt mir", sagte Elke, *„wie heißt die Stadt?"*

„Bad Wimpfen", antwortete Herbert, *„eine ehemalige Stauferstadt mit wunderschönen Fachwerkbauten und meinem Lieblingscafé."*

Elke musste lächeln. Sie sah zu ihrem Chauffeur hinüber, dem das Grinsen fest ins Gesicht getackert zu sein schien.

---

[6] *Blauer Turm – Wahrzeichen der Stadt*
[7] *Roter Turm – beides Wehrtürme*

„Ich nehme an, das hier läuft unter der Bezeich-nung <Dienstfahrt mit unbekanntem Ausgang>, Herr Kriminalrat. Oder irre ich mich da? "

„Du irrst dich nicht", erwiderte Herbert, *„und ich würde gern zum DU übergehen, wenn es genehm ist. "*

„Das hast du doch bereits getan", erwiderte Elke, *„eine sehr bemerkenswerte Vorgangsweise, Herr Kollege. "*

Herbert parkte das Auto ein. Dann gingen sie zu Fuß weiter in Richtung Altstadt. Eine enge Durch-gangsstraße, die vor langer Zeit zur Fußgängerzone deklariert worden war und viele enge Gassen spiegel-ten den Charm dieser pittoresken Stadt wider.

Nach einem kurzen Besuch der beiden Wehrtürme und des Bügeleisenhauses[8] betraten die beiden das Café Feyerabend.

Das Interieur des Cafés erweckte bei Elke einen Augenblick lang das Gefühl, in einer anderen Epoche zu sein.

„Das ist ja zauberhaft", sagte sie und betrachtete jedes einzelne Bild und die anderen Gegenständen, die an der Wänden angebracht waren.

Vervollkommnet wurde der Gesamteindruck durch die Fensterscheiben, reich verziert mit Butzenschei-ben.

---

[8] *Schmalstes Fachwerkhaus der Altstadt*

„*Das sind ja Butzenscheiben*", sagte Elke, „*die kenne ich auch aus Hamburg.*"

„*Weißt du auch, wie man die noch nennt?*", fragte Herbert. Und nachdem als Antwort nur ein Schulterzucken von Elke kam, sagte er:

„*Man bezeichnet sie scherzhaft auch als Ochsenaugen oder Flaschenboden.*"

„*Was du alles weißt*", erwiderte Elke, scheinbar beeindruckt.

„*Google-Abitur*", erwiderte Herbert lächelnd und begrüßte dann die Chefin, die herangetreten war.

„*Grüß Gott, Frau Feyerabend. Darf ich Ihnen meine reizende Kollegin, Frau Storm vorstellen?*"

„*Sehr gern, Herr Dörner*", antwortete die ältere Dame und streckte Elke die Hand entgegen.

„*Willkommen, Frau Storm. Es freut mich, Sie kennenzulernen.*"

„*Die Freude ist ganz auf meiner Seite*", antwortete Elke, verwundert darüber, welch festen Händedruck sie verspürte.

„*Hierher verschleppt mein Kollege also seine Freundinnen*", fügte Elke hinzu, worauf die überraschende Antwort kam:

„*Herr Dörner ist ein gerngesehener, langjähriger Gast unseres Cafés; aber Sie sind die erste Dame, die er hierher verschleppt hat.*"

Die mit Nachdruck und sehr ernst gesprochenen Worte der Frau verunsicherten Elke ein wenig.

Herbert erlöste sie mit den Worten:

„*Lass uns Platz nehmen. Ich freue mich schon sehr auf Café und Kuchen. Was empfehlen Sie uns Feines?*"

„*Es gibt noch ofenwarmen Rhabarberkuchen*", antwortete die Wirtin.

„*Dann bitte zweimal Kaffee und Rhabarberkuchen mit Schlagsahne.*"

Als die Wirtin sich abgewandt hatte, fragte Herbert eilig:

„*Ist das in Ordnung?*"

„*Natürlich, Herr Dörner. Und danke, dass Sie mich gefragt haben*", antwortete Elke lachend.

Der Zauber des Cafés hatte die beiden Menschen, die sich noch vor nicht allzu langer Zeit überhaupt nicht gekannt hatten, voll in seinen Bann gezogen.

Sie saßen in diesem kleinen Raum – es gab nur diesen einen – und sahen sich an wie zwei Verliebte.

„Was passiert da gerade?", fragte Elke skeptisch. Es war schon einige Zeit her, dass sie Gefühle wie diese verspürte.

„Ich weiß es auch nicht so genau", antwortete Herbert vorsichtig, *„aber egal, was es auch sein mag, es gefällt mir."*

„So, hier sind Kaffee und Kuchen. Lasst es euch schmecken."

Die Wirtin stellte beides auf den Tisch, verharrte lächelnd für einen kurzen Augenblick und entfernte sich danach.

„Eine bemerkenswerte Dame", sagte Elke und widmete sich dann der Köstlichkeit, die sich vor ihr auf einem Teller befand, umkränzt von einer ordentlichen Portion Sahne.

Außer Elke und Herbert saßen noch ein paar andere Gäste an ihren Tischen und gaben sich, außer Kuchen und Torten, einer gepflegten Unterhaltung hin.

Die gedämpfte Laustärke ließ darauf schließen, dass dies keine Einheimischen waren, sondern vielmehr Kurgäste, welche sich in der Kurstadt Bad Wimpfen Wohlbefinden und zunehmende Genesung angedeihen ließen.

„Hast du über diesen Lars Fiedler etwas herausfinden können?"

Diese Frage zeigte das Ende des Kuchengenusses an. Wie sehr es beiden geschmeckt hatte, dokumentierten zwei völlig blanker Teller.

„Ja, habe ich", antwortete Herbert, *„der Knabe ist kein unbeschriebenes Blatt.*

Mehrere Einbrüche und Diebstähle, begangen bereits in Jugendjahren. Und eine schwere Körperverletzung. Von Arbeit hält der Herr nicht viel. Ständig wechselnde Arbeitgeber und derzeit ohne Beschäftigung."

„Da schau her", erwiderte Elke und fragte dann:

„Kannst du dir vorstellen, dass Lars hinter den Brandstiftungen und den Morden steht?"

„Brandstiftungen – ja", antwortete Herbert, *„aber Mord? Ich weiß nicht."*

„Aber du sagtest doch etwas von schwerer Körperverletzung."

„Schon", erwiderte Herbert, *„aber das waren besondere Umstände. Der Vater von Lars Fiedler hat seine Ehefrau immer wieder misshandelt. Irgendwann hat der Junge allen Mut zusammengenommen und mit einem dicken Stock auf den Vater eingeschlagen.*

Der Vater wäre fast verblutet. Lars wurde verhaftet und verurteilt. Er war damals ein schmales Bürschchen von gerade einmal fünfzehn Jahren."

Elke dachte nach. Dann sagte sie:

„Aber nachgehen muss ich der Sache schon. Wenn Lars den Vater damals im Affekt fast erschlagen hat, dann kann das ja bei den jetzigen Morden wieder so passiert sein. Was meinst du dazu?"

„Ausschließen kann man das natürlich nicht", antwortete Herbert, *„aber lass uns jetzt von etwas anderem reden."*

„Und über was?"

Das spitzbübische Grinsen von Elke gefiel Herbert. Er war im Begriff durch die Pforte des Verliebtseins zu schreiten, und er zögerte nicht eine Sekunde, den Schritt zu wagen.

„Ich glaube, ich bin in dich verliebt, Elke Storm", sagte Herbert und streckte ihr seine Hand entgegen.

Dass Elke diese unmittelbar entgegennahm und fest drückte, machte Herbert glücklich. Elke hatte sein Gefühl erwidert.

*****

Eva Anna fand Gefallen an ihrer Tätigkeit, und die Damen in der Verwaltung brachten Eva ihre ganze Bewunderung entgegen.

Einige Abläufe wurden auf Eva Annas Vorschlag hin verändert, und der dadurch gewonnen Nutzen vermochte schnell zu überzeugen.

Der Verwaltungschef, Magister Kevin Walz, war ein junger, dynamischer Mensch, mit Bestnoten in Sachen Betriebswirtschaftslehre.

Als er sich nach dem Studium um die Stelle bei **Care and Help** bewarb, fand er in seiner Familie die Hilfe, die es brauchte, um als unerfahrener Yuppie[9], eine Zusage zu erhalten.

Mama Walz war mit einigen wichtigen Damen befreundet, und der Herr Papa war ein großer Gönner und finanzieller Unterstützer der Einrichtung.

Eva Anna hatte ihre Kolleginnen in der Verwaltung gefragt, ob sie Lars Fiedler kennen und ob sie ihm die Brandstiftungen zutrauen würden.

Die Antworten der Befragten ließen den Schluss zu, dass Lars zwar ein schlimmer Finger sei, dass er aber als Brandstifter wohl kaum infrage käme.

Als Letzten befragte sie den Magister.

„Sie sind ungefähr im selben Alter wie Lars Fiedler. Kennen Sie ihn vielleicht?"

---

[9] *Junger, karrierebewusster Aufsteiger, der großen Wert auf seine äußere Erscheinung legt.*

Kevin Walz zeigte sich beinahe geschockt ob dieser Frage. Der Dünkel, der seine Antwort begleitete, war unübersehbar.

„Nur dem Namen nach. Mit solch asozialen Menschen habe ich keinen Kontakt. Warum fragen Sie?"

„Ist nicht so wichtig", erwiderte Eva Anna, die sich sehr zurückhalten musste, um dem jungen Schnösel nicht gehörig die Meinung zu sagen.

Sie hielt sich damit an die Anweisung von Elke, nichts zu tun oder zu sagen, was ihren Auftrag gefährden könnte.

*****

„Lasst uns zusammentragen, was wir bisher haben."

Mit diesen Worten eröffnete Elke das angesetzte Brainstorming.

„Ich habe ja der Feuerwache einen Besuch abgestattet", fuhr Elke fort, *„aber etwas Brauchbares habe ich nicht finden können.*

Der Kommandant, ein gemütlicher und freundlicher Kautz, der auf seine Männer nichts kommen lässt, hat mir versichert, dass von ihnen keiner für eine solch schändliche Tat infrage kommt."

„Aber dafür vielleicht ein ehemaliges Mitglied", übernahm Biggi, *„eine Mitarbeiterin in der KITA war*

mit einem Lars Fiedler verlobt. Und der wurde bei der Feuerwehr hinausgeworfen.

Ich habe Elke schon davon berichtet. Und ich finde, da haben wir ein klassisches Motiv: Rache."

„*Leider nein, Biggi*", erwiderte Elke, „*ich habe vor einer Stunde von Herbert erfahren, dass Lars Fiedler zum Zeitpunkt der Verbrechen eingesessen hat und erst in ein paar Monaten wieder rauskommt.*"

„*Herbert; so, so…*"

Babs konnte sich diese Bemerkung nicht verkneifen. Es war ihr genüsslich über die Lippen gerutscht.

„*Ihr seid schon per DU?*"

„*Ja, mein Gott*", erwiderte Elke etwas verlegen. „*Schließlich sind wir ja Kollegen. Und wir sind ja auch per DU. Oder?*"

„*Alles gut, liebe Elke*", sagte Babs mit ruhiger Stimme, „*es ist alles in völliger Ordnung.*"

„*Was ist mit dir, Marianne?*", richtete Elke das Wort an ihre Kollegin.

„*Im Moment habe ich noch nichts*", antwortete Marianne, „*aber Augusta könnte eine wichtige Quelle sein. Sie ist eine Einheimische, ist schon seit ewigen Zeiten bei dem Verein und hat sehr viel Lebenserfahrung.*

56

Ich brauche nur etwas mehr Zeit, um die Quelle anzuzapfen."

„*Nachdem die Spur Lars Fiedler kalt ist, müssen wir uns wohl nach einem anderen Verdächtigen umsehen*", sagte Eva Anna, „*ich glaube, wir müssen bei unseren Stammtischbrüdern etwas tiefer graben. Was meint ihr?*"

„*Das ist sicher eine gute Idee*", sagte Elke, „*aber ich hätte noch einen anderen Vorschlag. Wir sollten das Umfeld der beiden Todesopfer näher beleuchten, vielleicht ist da ja ein Motiv zu finden. Ich werde das Gefühl nicht los, dass die Brandstiftungen und die Morde irgendwie zusammenhängen...*"

*****

Die feuchtfröhlichen Abende der Stammtischbrüder und der „Gastarbeiterinnen" von **Care and Help,** so wurden sie inzwischen unter der Hand genannt, hatte zur Folge, dass der „Schwanen" zusehend mehr Gäste bekam.

Heike betrachtete diese überraschende Veränderung mit größter Freude, was die anderen Wirte im Ort neidisch machte, wechselten doch einige ihrer Gäste in das „feindliche Lager".

Ein hagerer, ortsbekannter, eher trauriger Mann, namens Hans, der nur unweit vom „Schwanen" wohnte, hatte seine Ziehharmonika geholt und spielte damit auf.

Deutsche Folklore „at its best" drang bis auf den Marktplatz hinaus, was einige Passanten veranlasste, vor den Fenstern des Gasthauses zu verweilen und zuzuhören.

Während Biggi und Babs kein Problem damit hatten, eingehakt zu werden, um im Dreivierteltakt der Musik mit zu schunkeln, taten sich die beiden Damen aus der Wachau und die Kühle aus dem hohen Norden etwas schwerer.

Vermehrter Alkoholgenuss ließ die Hemmungen jedoch peu à peu schwinden, und wäre nicht Sommer gewesen, hätte man meinen können, der Fasching hätte Einzug gehalten.

*****

Es war ein Abend der etwas ruhigeren Art, als die Ermittlerinnen beschlossen, sich wieder voll ihrem Auftrag zu widmen.

„*Wie es wohl den Familien der Todesopfer geht*", sinnierte Babs vor sich hin, woraufhin der Frisör sofort ansprang.

„*Der Richter hieß nicht nur so, er war es auch.*"

„*Was meinst du damit, Egon?*", fragte Babs.

„Nun, Steinmann – steinreich; verstehst du nicht?"

Egon Hase starrte Babs erwartungsvoll ins Gesicht, ob sie wohl das Wortspiel verstanden hätte.

„Du meinst…", erwiderte Babs.

„Na klar", sagte Egon, *„die haben Geld wie Heu."*

„Das kann doch aber den Verlust eines geliebten Menschen nicht ersetzen", sagte Biggi.

„Geliebten Menschen?", fuhr Otto dazwischen, *„dass ich nicht lache."*

„De mortuis nil nisi bene."[10]

Helmut Konrat hatte es leise vor sich hingesagt, was jedoch allgemein ignoriert wurde.

„Willst du wissen, wie er im Volksmund genannt wurde?"

Otto hatte einen roten Kopf bekommen, als er Babs die Frage förmlich entgegenschleuderte.

„Der Henker vom Landgericht."

Als Guido Steinle ihn einbremsen wollte, kam Otto erst richtig in Fahrt.

---

[10] *Über Tote (rede man) nur gut (lat.)*

„*Der Hund hat mir einmal 200 Mark Strafe aufge-brummt, wegen Missachtung des Gerichts, oder wie das heißt. Dabei habe ich nur meine Meinung ge-sagt.*"

„*Du meinst Euro und nicht D-Mark*", korrigierte Egon beflissen.

„*Das war vor der Umstellung, du Trottel*", ver-wies Otto seinen Stammtischbruder in die Schranken.

„*Und außerdem ist das ja egal, ob Mark oder Eu-ro. Das war einfach ungerecht. Ich weine diesem Kerl nicht eine einzige Träne nach.*"

„*Es reicht jetzt, Otto*", sagte Guido, „*du redest dich noch um Kopf und Kragen.*"

„*Ist mir doch egal*", sagte Otto trotzig, ließ es aber dabei bewenden. Guido, den wesentlich Älteren, res-pektierte Otto, ganz im Gegensatz zu Egon.

„*Hat der Richter Familie?*", fragte Marianne.

„*Nur eine Frau*", antwortete Otto, „*Kinder hat er, Gott sei Dank, keine.*"

„*Otto!*"

Otto sah Guido an und sagte:

„*Ist ja gut; ich bin schon still.*"

„*Und was ist mit dem anderen Toten?*"

Elke brachte sich wieder ins Gespräch.

„Du meinst wohl meinen verehrten Kollegen und beinahe Chef Friedrich Matt?"

Der Zynismus, der in diesen Worten lag, war unüberhörbar. Sie kamen wieder aus dem Mund von Otto.

„Wieso beinahe Chef?", fragte Elke.

„Er wollte sich ja für den Posten des Präsidenten vom Bauernverband bewerben", antwortete Otto grinsend; *„aber das ist jetzt ja hinfällig."*

Egon hatte seine Chance erkannt, in das betretene Schweigen hinein seinen Beitrag leisten zu können.

„Der Herr Matt hinterlässt eine Frau und drei Kinder. Die sind aber längst erwachsen und auch schon ausgeflogen."

„Und was ist mit der Ehefrau?", hakte Elke nach.

„Die gibt es nicht", antwortete Egon.

„Was heißt das, sie gibt es nicht?", fragte Elke.

„Sie hat es vorgezogen, aus dem Bund der Ehe auszutreten."

Dieses Mal war Otto schneller, und sein wiederholtes Grinsen ließ den Verdacht aufkommen, dass hinter seiner Antwort irgendeine Gemeinheit stecken könnte.

„Frau Matt hat sich vor drei Jahren erhängt."

Die Antwort von Egon bestätigte die Vermutung.

Eine bedrückende Stimmung schwebte wie eine düstere Wolke über den Köpfen der Anwesenden.

Helmut Konrat stand auf und verließ mit einem *„guten Nacht, meine Damen"* das Lokal. Den Stammtischbrüdern schenkte er nur ein Nicken mit dem Kopf und einen vorwurfsvollen Blick.

Nach und nach ging einer nach dem anderen, bis am Ende nur noch Elke mit ihren Mädels übrigblieb. Als sie sich anschicken wollte, die Runde aufzulösen, sagte Heike:

„Bleibt ncoh ein bisschen. Ich schließ nur schnell ab und dann trinken wir noch etwas. Ich lade euch ein."

Heike brachte die gewünschten Getränke und dann begann eine Unterhaltung, die viel Interessantes mit sich brachte.

„Ihr habt euch sicher schon gefragt, mit welchen Leuten ihr euch eingelassen habt", begann Heike ihre Erklärungen. Es war beinahe so, als würde man in einem Familienalbum blättern.

„Helmut Konrat ist ein Feingeist und passt eigentlich gar nicht in diese Runde.

Er ist nach dem Krieg aus Ostpreußen hierherge-kommen, wo er als Schuldirektor tätig war.

Hier hat man ihn als Lehrer an einer Volksschule eingestellt, obwohl er in seiner alten Heimat Lehrer für Mathematik und Latein war.

Hermann Englisch hat studiert und wollte Opern-sänger werden. Als sein Vater bei einem Autounfall ums Leben kam, musste er sein Studium abbrechen, um die elterliche Bäckerei zu übernehmen.

Nachdem er das einzige Kind war, stellte sich die Frage erst gar nicht, ob er das überhaupt wollte.

Emil Heise macht genau das, was er gern macht. Er hat in der Tischlerei Hagemann gelernt. Die Ha-gemanns haben selbst keine Kinder, und als ihm der alte Hagemann angeboten hat, die Tischlerei zu über-nehmen, hat er sofort zugestimmt.

Inzwischen ist er verheiratet und hat zwei Kinder, wobei Albert, der Sohn, in der Tischlerei mitarbeitet. Und Erika, seine Ehefrau, macht den schriftlichen Kram.

Vor ein paar Jahren hat er dann noch die Aufgabe des Bestatters übernommen.

Bleiben jetzt noch die beiden Streithähne, Otto und Egon.

Egon ist in der dritten Generation Frisör und Otto wurde durch Heirat zum Landwirt. Davor war er als

Maschinenschlosser in einer Mosbacher Werkstatt tätig. Er hat sich sehr schnell in seine neue Rolleals Landwirt eingelebt.

Seine Frau brachte eine ordentliche Mitgift in die Ehe ein, und schon nach ein paar Jahren baute er das erste Haus, um es zu vermieten. Dazu verkaufte er ein paar Äcker, was ihm allerdings den Zorn seiner Schwiegereltern einbrachte. Aber das war Otto egal.

Und Guido, der Gendarm, wie man früher sagte, ist irgendwann aus dem Osten gekommen und hier hängengeblieben. Er ist der Besonnene in der Runde.

So, jetzt wisst ihr Bescheid."

„Vielen Dank, Heike, für diese interessanten Einblicke."

Elke hatte ihr Glas erhoben, um Heike zuzuprosten.

„Wieso sind Egon und Otto wie Katz und Hund?"

Diese naheliegende Frage war aus dem Mund von Eva Anna gekommen.

„Das liegt an Anneliese", antwortete Heike. „Anneliese war, bevor ihr Otto den Kopf verdreht hat, mit Egon verlobt.

Die Verlobung wurde aufgelöst und Anneliese wurde Ottos Ehefrau."

Erstaunen machte sich breit.

„Und da setzen die sich an einen Tisch?", fragte Babs fassungslos.

„Ich weiß, das ist nur schwer zu verstehen", antwortete Heike, *„aber es ist einfach so."*

„Vielleicht will keiner der beiden Schwäche zeigen und beharrt auf sein Recht, einen Platz am Stammtisch zu haben."

„Das ist gut vorstellbar", pflichtete Marianne dem Erklärungsversuch von Elke bei.

„Männer eben…"

Damit war die Geschichte auf den Punkt gebracht und bedurfte keiner weiteren Erklärung.

*****

Die Nachricht war wie eine Erlösung. Herbert Dörner hatte Elke darüber informiert, dass der Brandstifter, und somit auch mit großer Wahrscheinlichkeit der Mörder, gefasst wäre.

Ein Achtzehnjähriger wurde dabei erwischt, als er einen weiteren Brand in einer Scheune legte, die sich etwas außerhalb des Wohngebietes befand. Eine zufällig vorbeikommende Radfahrerin hatte die Polizei gerufen, die den Täter auf frischer Tat schnappte.

Die ebenfalls alarmierte Feuerwehr konnte den Brand löschen, bevor er einen größeren Schaden anrichten konnte.

Als Elke ihren Kolleginnen davon berichtete, sagte Biggi ganz aufgeregt:

„Den Burschen kenne ich. Seine Eltern wohnten früher direkt neben uns. Ich kenne Peter seit er klein war. Ich kann mir nicht vorstellen, dass er der Täter ist, den wir suchen."

„Was macht dich da so sicher?", erwiderte Elke.

„Wie gesagt, ich kenne Peter schon ewig", antwortete Biggi, *„das ist kein gewalttätiger Mensch."*

„Wann hattest du das letzte Mal Kontakt mit ihm?", fragte Elke weiter, worauf Biggi antwortete:

„Das weiß ich nicht; das ist viel zu lange her."

„Menschen ändern sich", gab Elke zu bedenken.

Biggi dachte kurz nach und sagte dann:

„Ich möchte bei der Vernehmung dabei sein."

Elke sah Biggi an. Sie konnte auf Biggis Stirn das Wort „Entschlossenheit" lesen.

„Das geht nicht, Biggi", sagte Elke, *„damit würdest du unsere Tarnung zerstören."*

„Sie könnte doch hinter der Glasscheibe stehen und alles mitverfolgen", mischte sich nun Babs ein.

Und Biggi setzte nach:

„Oder willst du, dass ein Unschuldiger herhalten muss, und wir unsere Sachen packen und wieder nach Hause fahren?"

„Unschuldiger wohl kaum", erwiderte Elke, *„immerhin hat er die Scheune angezündet."*

„Du weißt genau, was ich meine", sagte Biggi leicht gereizt.

„Ist ja gut, Biggi", gab sich Elke geschlagen, *„ich werde mit dem Kollegen Dörner reden."*

„Und grüße den lieben Herbert von uns."

Eva Anna genoss jedes einzelne Wort.

*****

Herbert Dörner hatte grünes Licht gegeben. Biggi saß in einem Nebenraum vor einem Monitor und war per Kopfhörer mit dem Kriminalrat verbunden.

Nach ein paar Minuten schaltet sich Biggi ein:
„Fragen Sie ihn, wer die anderen waren."

Als Herbert Dörner nicht gleich darauf reagierte, sagte Biggi:

„Sagen Sie ihm, es gibt einen Zeugen, der gesehen hat, dass er das nicht allein gemacht hat."

Der Kriminalrat wurde unsicher. Er wusste, dass es einen solchen Zeugen gar nicht gibt und dass keine Hinweise dafür vorhanden waren, dass mehrere Personen am Tatort gewesen wären.

„Vertrauen Sie mir", sagte Biggi eindringlich, *„fragen Sie ihn einfach!"*

Herbert Dörner blickte zu der Kamera, die knapp unter der Decke angebracht war und sagte dann zu dem Verdächtigen:

„Wir haben einen Zeugen, der gesehen hat, dass sie die Tat nicht allein begangen haben. Nennen Sie uns die Namen!"

„Ich verpfeife keine Freunde", kam die Antwort von Peter Reinmuth.

Der Kriminalrat konnte sich ein Lächeln nicht verkneifen. Er blickte wiederholt in die Kamera und nickte kurz.

Und Biggi ballte die Faust und sagte triumphierend:

„Ich hab's gewusst. Peter ist kein schlechter Mensch. Er ist nur ein Mitläufer."

Es dauerte auch nicht allzu lange, und Biggis ehemaliger Nachbar nannte die Namen der Mittäter.

Als Biggi unter den genannten Namen auch den Namen Lutz Rieser hörte, wusste sie sofort, wer der eigentliche Übeltäter war.

Lutz Rieser und die anderen zwei wurden sofort in Haft genommen. Danach setzte Herbert Dörner die Vernehmung von Peter Reinmuth fort.

„Jetzt wird es eng für Sie, Herr Reinmuth. Lutz Rieser hat gerade meinem Kollegen gesagt, dass es Ihre Idee war und dass sie die Scheune angezündet haben."

„So ein Lügner", schrie Peter Reinmuth aufgeregt, *„es war genau umgekehrt. Es war seine Idee und er hat den Brand gelegt."*

„Das mag ja sein", erwiderte der Kriminalrat, *„aber da steht jetzt Aussage gegen Aussage. Und die beiden anderen bestätigen die Aussage von Lutz Rieser."*

„Aber ich kann beweisen, dass Lutz lügt", erwiderte Peter Reinmuth.

„Wie das?", fragte der Kriminalrat.

„Ich habe alles gefilmt. Sogar mit Ton."

Herbert Dörner sah sein Gegenüber erstaunt an.

„*Auf Ihrem Handy ist aber nichts drauf*", sagte er dann, „*wir haben das schon überprüft.*"

Peter Reinmuth schenkte dieser Bemerkung ein smartes Lächeln.

„*Ich habe aber noch ein anderes Handy.*"

Das Erstaunen bei Herbert Dörner nahm zu. Und Biggi sperrte ihre Ohren ebenfalls weit auf, als sie das hörte. Das hätte sie dem Burschen gar nicht zugetraut.

„*Na gut*", sagte der Kriminalrat, „*dann schaffen Sie das Teil mal schnellstens herbei. Eine Streife wird Sie nach Hause fahren und sie holen dort das zweite Handy, wenn es denn ein solches überhaupt gibt.*"

„*Und bin ich dann wieder frei, wenn Sie gesehen haben, dass ich das gar nicht war mit dem Brand?*", fragte Peter Reinmuth.

„*Das werden wir dann schon sehen*", erwiderte Herbert Dörner.

*****

Die Angaben von Peter Reinmuth hatten sich als wahr herausgestellt. Er wurde bis zur Verhandlung auf freien Fuß gesetzt, während Lutz Rieser in Untersuchungshaft gesteckt wurde.

„Das war gute Arbeit, Biggi", lobte Elke ihre Kollegin bei der nächsten Besprechung, und der Applaus der anderen unterstrich Elkes Aussage.

„Ich muss für ein, zwei Tage zu einer Dienststelle nach Hamburg. Babs wird mich in der Zeit vertreten.

Bis ich wieder zurück bin, versucht bitte von euren Kontakten bei **Care and Help** *mehr Informationen zu bekommen. Wie es aussieht, stochern wir noch immer im Nebel herum, und ich bekomme allmählich Druck von oben. "*

*****

Elke genoss den Ausblick. Sie saß neben Herbert in einer Cessna 172 Hawk XP, mit der Herbert vom nahen Flugplatz Lorbach gestartet war.

Herbert war begeisterter Hobbypilot und hatte die Maschine mit drei anderen Freunden günstig erstanden.

Er brauchte nicht lange, um Elke davon zu überzeugen, dass die Reise in der Luft schneller und wesentlich angenehmer verlaufen würde als mit der Bahn.

Der Flug fand bei herrlichem Wetter statt und schon nach zwei Stunden landeten sie auf dem Flugplatz Uetersen-Heist.

Herbert erledigte die Formalitäten und als er aus dem Büro kam, erlebte er eine Überraschung.

„Darf ich dir mein Goldstück Björn vorstellen?"

Herbert ergriff die entgegengestreckte Hand von Björn und sah in sein Gesicht. Und im selben Moment überkam ihn ein Gefühl der Eifersucht auf den jüngeren, gutaussehenden Mann, den Elke ihr Goldstück genannt hatte.

Elke hatte den starren Ausdruck in Herberts Gesicht erkannt.

„Das ist nicht mein Loverboy", sagte sie lachend, *„das ist mein Neffe."*

Herberts Gesicht entspannte sich augenblicklich und er erwiderte:

„Das hatte ich auch nicht eine Sekunde geglaubt."

„Charmanter Lügner", sagte Elke, und bevor Herbert widersprechen konnte, fügte sie hinzu:

„Jetzt lass uns einsteigen, Björn hat nicht ewig Zeit."

Und zu Björn sagte sie:

„Das ist der Kollege, Kriminalrat Dörner. Aber du kannst ruhig Herbert zu ihm sagen."

Die Fahrt nach Blankenese dauerte gerade einmal eine halbe Stunde. Danach kam die nächste Überraschung für Herbert.

Das Haus, vor dem Björn stehenblieb, lag in einem der teuersten Wohngegenden Hamburgs und hatte sogar Zugang zum Wasser.

„Warte hier", sagte Elke zu Björn, *„ich bringe nur Herbert schnell ins Haus und komme dann gleich wieder."*

Elke ging mit Herbert ins Haus und zeigte ihm alles.

„Fühl dich wie zuhause und mach es dir bequem. Ich fahre mit Björn in die Dienststelle und bin spätestens in zwei Stunden wieder zurück."

In Herberts Kopf drehte sich gerade alles. Er sah beim Fenster hinaus und sah Elke ins Auto steigen. Zuvor hatte sie sich noch einmal umgedreht und ihm einen Kuss zugeworfen.

Herbert betrachtete eine kurze Weile die vorbeifahrenden Schiffe auf der Elbe. Dann sah er sich in der Wohnung um, wobei sich eine Menge Fragen ergaben, auf deren Antwort er schon sehr gespannt war.

*****

Als Elke zurückkam, entdeckte sie Herbert schlafend auf der Couch liegend. Sie setzte sich hinzu und betrachtete ihn.

Herbert war einige Jahre älter als Elke. Er hatte einen durchtrainierten Körper und ein markantes Gesicht, das sicher einiges erzählen könnte.

„Wie lange sitzt du schon da?"

Herbert war aufgewacht. Er setzte sich auf und ordnete das Kissen, auf dem er gelegen hatte.

„Entschuldige, dass ich mich einfach so hingelegt habe", sagte er, *„ich war plötzlich so müde."*

„Da gibt es nichts zu entschuldigen", erwiderte Elke, *„ich hatte dir ja gesagt, du sollst dich wie zuhause fühlen.*

Und ich sitze seit ungefähr zwei Stunden hier."

„Was?", sagte Herbert entsetzt und sah auf seine Uhr.

„Das kann doch gar nicht sein", fügte er sodann hinzu, *„ich habe mich doch erst vor einer Stunde..."*

An dieser Stelle unterbrach er, weil ihm durch Elkes Grinsen bewusstwurde, dass er einem Scherz aufgesessen war.

„Du böses, böses Mädchen", sagte er, *„eigentlich müsste ich dich jetzt übers Knie legen."*

„*Dann mach doch*", erwiderte Elke, und als Herbert aufstand, flüchtete sie ins Schlafzimmer. Herbert eilte ihr hinterher und umfing Elke. Sie fielen aufs Bett.

„*Ich möchte mit dir schlafen*", sagte Herbert, worauf Elke erwiderte:

„*Dann sind wir hier ja genau richtig.*"

Herbert hielt inne.

„*Kannst du auch einmal etwas ernst nehmen?*", fragte er und wollte sich schon abwenden, als Elke sagte:

„*Bitte, bleib!*" *Es tut mir leid. Es ist meine Unsicherheit, die sich dahinter verbirgt. Nimm mich einfach in den Arm und halte mich fest, Liebster.*"

Aus Elkes Gesicht sprach so viel Hilflosigkeit, dass es Herbert schmerzte. Und als er die Tränen in ihrem Gesicht sah, küsste er sie auf Stirn und Wangen und sagte:

„*Es ist alles gut, mein Engel. Ich halte dich ganz fest und ich werde dir niemals wehtun.*"

Die Dämmerung betrat den Raum und legte ihren Mantel um die Liebenden, die sich fest umschlungen hielten.

*****

Die Liebe zum Garten und allem, was dazugehört, hatte zwischen Marianne und Augusta eine Freundschaft entwickeln lassen.

Augusta hatte selbst keine Kinder und war auch nie verheiratet. Sie erklärte es damit, dass sie durch die viele Arbeit im Garten nie Zeit dafür gehabt hätte.

Die beiden Frauen saßen nach der Arbeit oft zusammen, tranken ein oder zwei Gläser Nusslikör, den Augusta selbst gebraut hatte, und erzählten einander von ihrem Leben.

Dass Augusta nicht dumm war, das war Marianne schon mehrmals aufgefallen. Allein, das Wissen um die vielen lateinischen Namen für Pflanzen und Blumen erstaunten Marianne immer wieder.

Eines Abends, es waren ausnahmsweise einmal mehr als die üblichen ein bis zwei Gläschen Nusslikör, ließ Augusta Marianne tief in ihr Leben hineinschauen.

„Du erinnerst mich sehr an Margarete. Sie wäre jetzt etwa in deinem Alter.“

Augusta hatte diese Worte sehr leise gesprochen.

„Wer ist das?“, fragte Marianne vorsichtig.

Augusta sah Marianne lange an, bevor sie antwortete. Es schien, als wolle sie prüfen, ob Marianne der Antwort würdig wäre. Schließlich sagte sie:

„Margarete war mein kleiner Sonnenschein. Sie ist nur drei Jahre alt geworden. Ihr Vater ist noch vor ihrer Geburt gestorben."

Augusta sprach nicht weiter. Ihr Blick ließ erkennen, dass sie gerade sehr weit weg in der Vergangenheit war. Plötzlich lächelte sie. Sie sah Marianne an und sagte:

„Wir wollten heiraten. Das Aufgebot war schon bestellt. Wir wollten in der Kirche heiraten. Ich hatte mir mein wunderbares Brautkleid selbst genäht.

Und dann kam dieser unselige 12. August. Im Dorf war ein Fest. Alle waren lustig und alle haben viel getrunken.

Ein paar leider viel zu viel. Und dann hat man meinen Hermann totgefahren. Als man mir die Todesnachricht überbracht hat, konnte ich nicht einmal weinen..."

Augusta machte erneut eine Pause. Ihr Blick war ins Leere abgeglitten.

„Das tut mir sehr leid, Augusta", sagte Marianne.

Augusta drehte ihren Kopf zu Marianne und lächelte.

„Ich kann bis heute nicht darüber weinen", sagte Augusta, *„ist das nicht verrückt?"*

Augusta drehte ihren Kopf wieder weg und fuhr fort:

„Ich habe damals mit allem gehadert. Mit dem Schicksal, mit den Menschen und mit Gott.

Meine Familie hat versucht, mich zu trösten; aber ich ließe es nicht zu. Ich vergrub mich in meinem Studium, und ich lernte Tag und Nacht; nur, damit andere Gedanken keinen Zugang zu meinem Kopf finden konnten.

Als dann mein kleiner Sonnenschein geboren wurde, entdeckte ich wieder meine Lebensfreude und fand zurück ins Leben.

Es dauerte drei Jahre, fünf Monate und einen Tag. Dann kehrte das Schicksal erneut zurück und zeigte mir sein hässliches Gesicht. Es riss mir zum zweiten Mal das Herz aus der Brust.

Seit jenem Tag habe ich den Menschen den Rücken gekehrt. Ich habe mich in die Welt der Blumen und Pflanzen geflüchtet und mich darin versteckt.

Meine Eltern hatten einen Gutshof mit einem riesigen, parkähnlichen Garten, um den ich mich gekümmert habe. Als sie verstorben sind, bin ich weggegangen.

Jetzt lebt mein Bruder mit seiner Familie dort und ich habe meine Heimat hier gefunden."

Marianne sah Augusta plötzlich mit ganz anderen Augen.

Sie war überzeugt davon, dass Augusta ihre Geschichte nicht vielen Menschen je erzählt hat. Wenn überhaupt…

„Ich danke dir für dein Vertrauen", sagte Marianne, *„und ich fühle mich geehrt, dass du mir aus deinem Leben erzählt hast."*

„Menschen, welche die Blumen und Pflanzen so sehr lieben wie du, denen kann man vertrauen. Das sind gute Menschen. Ich habe ein Gespür dafür. Und du bist ein solcher Mensch, Marianne."

Marianne war gerührt ob dieser Worte. Sie stand auf, ging auf Augusta zu und sagte:

„Ich würde dich gerne umarmen, wenn du es erlaubst."

Augusta antwortete nicht darauf. Sie breitete ihre Arme aus und dann lagen sich die beiden Frauen in den Armen.

„Und jetzt erzählst du mir deine Geschichte", sagte Augusta. *„Das mit dem Austausch-Projekt ist doch blanker Unsinn."*

*****

Der Rückflug war, im Gegensatz zum Hinflug, etwas ungemütlich.

„Vicky mag dieses Wetter überhaupt nicht", sagte Herbert und er hatte alle Mühe, das Flugzeug einigermaßen ruhig zu halten.

„Wer, bitte, ist Vicky?", fragte Elke.

„Die Dame, die uns hoffentlich sicher nach Hause bringt", antwortete Herbert.

„Ist das etwa der Name dieses Vogels?"

Herbert sah seine Copilotin an. Es amüsierte ihn, dass Elke die Cessna als Vogel bezeichnet hatte.

Ganz so unrecht hatte sie ja nicht damit, denn die Maschine wurde durch plötzlich auftretende Windböen immer wieder einmal rauf- und runtergeschwungen.

„Ja", erwiderte Herbert. *„Meine Frau hieß Viktoria."*

„Du warst verheiratet?", fragte Elke erstaunt. Es war das erste Mal, dass Herbert etwas Persönliches von sich preisgab.

Eigentlich wusste sie so gut wie gar nichts von dem Mann, mit dem sie eine Nacht verbracht hatte.

Beim Gedanken daran, überkam Elke ein wohliger Schauer. Es war eine ganz wunderbare Nacht. Sie hatte in Elke Gefühle zum Leben erweckt, die plötzlich präsent waren, so, als wären sie nie weggewesen.

„Ja", antwortete Herbert, „mit einer ganz wunderbaren Frau."

Ein aufkeimendes Gefühl von Eifersucht klopfte bei Elke an, wurde aber von ihr sofort wieder weggeschickt.

„Und was ist schiefgelaufen?", fragte sie stattdessen.

„Wie meinst du das?", fragte Herbert.

„Naja, warum hat die Ehe nicht gehalten?", erklärte Elke.

„Vicky ist tot."

Diese Antwort hatte Elke nicht erwartet. Sie tat weh und sie beschämte Elke.

„Bitte, entschuldige. Ich bin so eine blöde Kuh."

„Das konntest du doch nicht wissen", erwiderte Herbert, worauf Elke sich noch weit mehr schämte.

Sie überlegte, ob sie nach der Todesursache fragen sollte, fand aber nicht den Mut dazu.

„Ein inoperabler Gehirntumor."

Es war, als hätte Herbert Elkes Gedanken gelesen.

„Es ging alles sehr schnell. Wir hatten noch nicht einmal Zeit, uns voneinander zu verabschieden."

„Wenigstens hat sie nicht leiden müssen."

Diese Standartbemerkung war Elke einfach so herausgerutscht. Am liebsten hätte sie den Satz wieder zurückgerufen.

„Das ist wohl wahr", sagte Herbert.

Sie hatten inzwischen die Schlechtwetterfront passiert.

Man hätte fast meinen können, dass damit auch das Ende dieser tragischen Geschichte symbolisch erreicht worden wäre.

„Ich hoffe, du hattest nicht allzu viel Angst, mein Engel", sagte Herbert und lächelte Elke an.

„Nein, mein Liebster", erwiderte Elke, „ich habe fest an dich und deine Vicky geglaubt."

„Das ist ein wunderbares Geschenk; vielen Dank", sagte Herbert, „ich glaube, Vicky hätte dich gemocht."

Elke freute sich. Sie hatte zwar ein wenig geschwindelt, denn Angst hatte sie in reichem Maße. Sie fühlte sich schon in großen Maschinen unwohl, wenn diese durch eine Schlechtwetterfront fliegen mussten, aber dasselbe Erlebnis in einer kleinen Maschine hatte eine ganz andere Qualität.

„*Was ist mit dir?*", fragte Herbert nach einer Weile, „*wie war das mit deinem Liebesleben. Es hat doch sicher den einen oder anderen Mann gegeben?*"

Damit hatte Elke jetzt nicht gerechnet.

„*Natürlich gab es Männer in meinem Leben.*"

Elkes Antwort klang beinahe etwas trotzig. So, als müsse sie sich rechtfertigen, und sie hätte sich am liebsten auf die Zunge gebissen.

„*Für eine feste Beziehung hat es nie gereicht. Beruf, Karriere und Unabhängigkeit waren mir immer wichtiger.*"

„*Und wie ist das jetzt?*"

Durch diese Frage fühlte sich Elke erneut in die Enge gedrängt und sie musste sich schon wieder selbst zur Ordnung rufen.

Die Frage wurde von einem Menschen gestellt, mit dem sie noch vor wenigen Stunden körperlich und seelisch verschmolzen war, und der seitdem zu einem Teil von ihr geworden war.

Warum also diese Abwehrhaltung?

„*Ist dir die Frage unangenehm?*"

Herbert schien den inneren Kampf von Elke zu spüren.

„*Ich weiß es nicht*", antwortete Elke, „*ich weiß gerade überhaupt nichts mehr.*"

„*Dann verschieben wir das auf später, mein Engel*", antwortete Herbert, „*ich muss mich jetzt auch auf die bevorstehende Landung konzentrieren.*"

Elke sah Herbert an, und sie konnte die Liebe spüren, die von diesem wunderbaren Menschen ausging, und die sie umfing.

Es war ihr bewusst, dass Herbert ihr gerade Luft zum Atmen geschenkt hatte, denn vom Flugplatz Lorbach war weit und breit noch nichts zu sehen.

*****

„*Es wird Zeit, dass ich euch ein wenig von meiner früheren Heimat zeige.*"

Mit diesen Worten lud Biggi ihre Kolleginnen ein, den Sonntag mit einer Führung durch den Ort zu verbringen.

Der Vorschlag fand allgemeine Zustimmung und nach dem Frühstück ging es los. Biggi führte ihre Kolleginnen zunächst, vom Marktplatz ausgehend, die Dorfstraße hinunter.

„*Das war einmal die Hauptstraße. Diese Bezeichnung musste damals der Fusionierung weichen, als die umliegenden Gemeinden Mosbach zugeschlagen wurden. Das hat nicht allen Neckarelzern geschmeckt.*"

84

Ich erinnere mich noch gut an die vielen Geschäfte, rechts und links der Hauptstraße. Die meisten gibt es gar nicht mehr.

Da war ein Laden, der Stoffe, Knöpfe, Garn, Näh- und Strickutensilien verkauft hat. Daneben war ein Uhren- und Schmuckgeschäft mit einem Inhaber, der die Gestalt eines Hünen hatte.

Das krasse Gegenteil war ein kleiner, schmächtiger Mann, der ein Drogeriegeschäft mit Fotoabteilung betrieb.

Und da befand sich eine von zwei Metzgereien mit einem Hund, der die Kinder das Fürchten lehrte."

Biggis Augen begannen förmlich zu leuchten, als sie in den Erinnerungen schwelgte.

Als sie bei auf die andere Straßenseite wechselten, fuhr Biggi mit ihrem Bericht fort.

„Man kann sich das alles gar nicht mehr vorstellen. Zwei Bäckereien, ein Kolonialwarengeschäft, ein Lebensmittelladen, ein Schmied mit einem Verkaufsladen, zwei Frisöre und zwei Kinos.

Ich kann mich noch genau daran erinnern, was gespielt wurde, als das neue Kono in der Bahnhofsstraße eröffnet wurde. Es war „Die Brücke am Quai" mit Alec Guinness.

Ich höre heute noch die laute Musik zu Beginn des Films, als die gefangenen Soldaten, den River Quai

Marsch zur Filmmelodie pfiffen. Und das in Quadro-
phonie.

Und dann noch die vielen Gasthäuser. Ich glaube,
es waren neun Stück, die Gaststätte vom Sportverein
mitgerechnet.

Heute sieht das ein wenig anders aus. Leider ... "

Die fünf Damen waren inzwischen im Oberdorf
angekommen. Vor einem, etwas zurückgesetzten Gebäude blieben sie stehen.

„*Da bin ich zur Schule gegangen*", sagte Biggi
und bat ihre Kolleginnen, ihr in den Innenhof zu folgen.

„*Dieses Gebäude hat leider eine unschöne Ver-*
gangenheit. Von April 1944 bis Mai 1945 wurden die
Räume als Unterkünfte für NS-Gefangene genützt, die
einen Gipsstollen in Obrigheim, das ist der Ort auf
der gegenüberliegenden Neckarseite, freilegen sollten,
um dort Flugzeugmotoren herstellen zu können.

Die Wachmannschaften wurden in dem gegenüber-
liegenden Tanzlokal „Alpenrose" untergebracht.

Mir war das als Kind gar nicht bewusst. Selbst als
Erwachsener hat es lange gedauert, bis ich mit dieser
Geschichte in Berührung gekommen bin.

Jetzt befindet sich eine KZ-Gedenkstätte auf dem
Schulgelände, das zurzeit leider geschlossen ist. "

Die vier Kolleginnen von Biggi waren sichtlich beeindruckt von ihrer Schilderung.

„Man kann nur hoffen, dass so etwas nie wieder passiert", sagte Babs, und sprach damit aus, was wohl alle in diesem Augenblick dachten.

„Es gäbe noch einiges anzuschauen", sagte Biggi, *„aber wir müssen schleunigst runter an den Neckar. Wir werden dort schon erwartet."*

Das „runter an den Neckar" resultierte aus der Tatsache, dass sich die kleine Gruppe im höhergelegenen „Oberdorf" befand, und dass die Straße vom Marktplatz, hin zum Neckar, abschüssig war.

So begaben sich die fünf Damen eiligen Schrittes, vorbei am Tempelhaus und der Martinskirche, zur Schiffsanlegestelle, wo die Nixe, ein kleineres Ausflugsschiff auf die Ankommenden wartete.

Dann hieß es „Leinen los", und die Nixe schipperte in gemächlicher Geschwindigkeit Neckar abwärts in Richtung Eberbach.

Zu Fuß bis zum Kurhaus waren es nur wenige Schritte. Das Restaurant und Café erwartete die avisierte Gruppe bereits, um sie mit den Köstlichkeiten des Hauses zu verwöhnen.

Es war inzwischen früher Nachmittag, als die fünf Damen die Rückfahrt antraten.

„*Ist Heidelberg nicht ganz in der Nähe?*", fragte Elke, und Biggi antwortete:

„*Du hast recht, liebe Elke. Aber Heidelberg im Sommer, an einem Sonntag, das ist ein Menschengewusel gigantischen Ausmaßes. Ich glaube nicht, dass dir das gefallen würde.*"

„*Vielleicht ein anderes Mal*", fügte Babs hinzu, „*im Frühling oder Herbst. Da ist es besser.*"

Die kleine Gruppe genoss noch einmal den Blick auf die vielen Burgen, die den Neckar säumen, und als sie wieder in Neckarelz angekommen waren, war die Sonne schon im Begriff, den Tag an die Dämmerung zu übergeben.

*****

„*Es wird Zeit, dass wir uns einmal mit diesem Herrn beschäftigen.*"

Mit diesen Worten legte Elke die aktuelle Tageszeitung auf den Tisch. Die aufgeschlagene Innenseite zeigte das Konterfei von Torsten Bellheim, dem ehemaligen Redakteur dieser Zeitung, in Verbindung mit einem Artikel.

„*Schläft unsere Polizei? Brandstifter noch immer auf freiem Fuß.*"

Das war die Überschrift eines polemisierenden Artikels von einem Mann, der während seiner ganzen aktiven Zeit bei der Zeitung nichts anderes gemacht hatte.

Es gab immer wieder einmal Anzeigen wegen Verleumdung oder Beleidigung, die aber nie schwerwiegende Konsequenzen nach sich zogen.

„Ich dachte, er schüttet seine Gülle nur noch in seinem Onlineportal aus", sagte Eva Anna, nachdem sie den Artikel laug vorgelesen hatte.

In seinem Artikel zog Torsten Bellmann auf rüde Art und Weise über Polizei, Feuerwehr und Versicherung her.

Und als Sahnehäubchen stellte er den Verdacht in den Raum, ob die Vorfälle der letzten Zeit vielleicht mit dem Flüchtlingsstrom zusammenhängen könnte, der auch an Neckarelz nicht vorübergeschwommen war.

„Das ist ja widerlich", sagte Marianne, *„schreckt dieser Mensch denn vor gar nichts zurück?"*

„Er repräsentiert die Meinung von vielen", fügte Babs hinzu, und leider hatte sie damit recht.

„Ich werde diesem Herrn einmal einen Besuch abstatten, so von Kollegin zu Kollegen."

*****

„Ich habe schon von Ihnen gehört."

Torsten Bellmann hatte Elke ins Hausinnere gebeten und ihr einen Platz angeboten.

Elke war vom Erscheinungsbild des Mannes überrascht. Ein gepflegtes Äußeres wurde durch gute Manieren und eine feine Sprache ergänzt.

„Wie das, Herr Bellmann?", gab sich Elke angenehm überrascht, worauf Torsten Bellmann antwortete:

„Nun, dieses Projekt, dem Sie angehören, hat bei der Bevölkerung hohe Wellen der Zustimmung ausgelöst."

„Das freut mich sehr, Herr Bellmann", erwiderte Elke mit einem gewinnenden Lächeln.

„Darf ich Ihnen etwas anbieten, Verehrteste? Kaffee oder Tee?"

„Ein Wasser wäre nett", antwortete Elke, erfreut darüber, dass der Fisch angebissen hatte.

Torsten Bellmann brachte das Gewünschte und fragte dann:

„Was führt Sie zu mir?"

„Berufliche Neugier, mein Lieber", antwortete Elke, die beschlossen hatte, ihren Zug auf dasselbe Gleis zu stellen.

90

„Das verstehe ich gut", erwiderte Torsten Bellmann, *„aber Sie haben mir noch immer nicht gesagt, für welches Blatt Sie arbeiten."*

Dass ihr Vis-`s-vis mit allen Wassern gewaschen war, wurde Elke in diesem Augenblick bewusst. Es hieß, jedes ihrer Worte genau abzuwägen.

„Im Grunde genommen, für keines, lieber Herr Bellmann. Ich bin Pressereferentin im Innenministerium, und ich schreibe hie und da kleine Gastkommentare für diverse Zeitungen."

Elke sah Torsten Bellmann mit festem Blick in die Augen. Sie war schon viel zu lange als Kriminalistin tätig, als dass sie sich von irgendjemandem hätte einschüchtern lassen.

„Und jetzt wollen Sie aus irgendeinem Grund ein Gespräch mit mir führen. Sehe ich das richtig?"

Bei Elke leuchtete ein rotes Licht auf. Was sie da gerade erlebte, überraschte sie. Dieser Mann war nicht nur über die Maße intelligent, er war auch gefährlich.

„Ich sehe schon, das führt zu nichts", sagte Elke und stand auf.

Ihr Misstrauen ist deutlich zu spüren, und das kränkt mich. Vergeuden wir nicht Ihre und meine Zeit. Ich danke Ihnen dennoch, dass Sie mich empfangen haben und wünsche Ihnen alles Gute."

Als Elke sich zur Tür wandte, hielt Torsten Bellheim sie am Arm fest.

„Nicht doch, Verehrteste", sagte er, *„Sie müssen da etwas falsch verstanden haben. Bitte, setzen Sie sich wieder und verzeihen Sie mir, dass ich Sie gekränkt habe."*

Elke gab sich zögerlich, setzte sich dann aber und fragte:

„Haben Sie auch etwas Stärkeres?"

„Alles, was Sie möchten", antwortete Torsten Bellheim, *„Cognac oder Whiskey?"*

„Whiskey wäre gut", antwortete Elke und legte damit die Basis, die sie sich vorgestellt hatte.

Nach einem jovialen „Prösterchen" begann Elke ihre Befragung:

„Haben Sie eine Ahnung, wer die Brände im Ort gelegt hat und vielleicht noch weiterlegen wird?"

„Man muss vorsichtig sein mit irgendwelchen Vermutungen", antwortete Torsten Bellheim, *„sonst wird man gleich als Rassist oder Flüchtlingsgegner beschimpft."*

„Das ist traurig", sagte Elke, *„ich kenne das gut. Ich frage mich nur manchmal, wo die Pressefreiheit bleibt. Nur weil man eine andere Meinung hat, ist man noch lange kein schlechter Mensch."*

„Das sehe ich ganz genauso", erwiderte Torsten Bellheim euphorisch.

Jetzt hatte der Fisch nicht nur angebissen; er hatte den Köder sogar geschluckt.

„Was glauben Sie, wie oft ich deswegen angespuckt worden bin. Ich musste sogar mehrmals vor den Kadi. Aber zum Glück gibt es Gleichgesinnte; sogar bei Gericht."

Elke wurde hellhörig. Sie musste spontan an Karl Steinmann, den toten Richter denken.

Es kostete sie große Mühe, Torsten Bellheim nicht darauf anzusprechen. Stattdessen fragte sie:

„Ist der Schaden an Ihrem Haus sehr groß, und zahlt die Versicherung?"

„Versicherungen und Banken sind die größten Verbrecher in unserer Gesellschaft", wetterte Torsten Bellheim, und ein wenig musste Elke ihm rechtgeben.

*****

Dass der Besuch von Elke ungeahnte Folgen haben könnte, daran hätte niemand gedacht.

Noch am selben Abend kam eine Polizeistreife in den „Schwanen" und bat Elke, sie möge die Beamten auf die Wache nach Mosbach begleiten.

Elke dachte zunächst an einen Streich von Herbert, aber als sie die Beamten lächelnd um den Grund fragte, und diese in ernster Miene antworteten: *„Das werden Sie auf der Wache erfahren"*, da wurde Elke unruhig.

Auf der Wache wurde sie in einen Verhörraum geleitet, wo ein KHK Pflücker bereits auf Sie wartete.

„Guten Abend, Frau Oberkriminalrat, und vielen Dank, dass Sie unserer Einladung gefolgt sind."

Elke fiel auf, dass ihr der Kollege mit größter Höflichkeit begegnete, was sie darauf zurückführte, dass ihre Nähe zu Kriminalrad Dörner auf dem Revier bekannt gewesen sein dürfte.

„Bitte, holen Sie den Kriminalrat Dörner, aber erklären Sie mir zuvor, was ich hier soll."

Elkes Worte ließen ihrerseits den freundlichen Ton vermissen, mit dem sie der Kollege zuvor noch begrüßt hatte.

„Tut mir leid, Frau Kollegin, aber der Chef ist nicht im Haus", erwiderte der KHK, *„Sie müssen schon mit mir Vorlieb nehmen.*

Auch der Ton des Mannes hatte sich verändert, und somit begann nun eine ordnungsgemäße Befragung.

„Sie werden verdächtigt, Herrn Torsten Bellmann ermordet zu haben."

„Wie bitte?"

Elke hatte es förmlich hinausgeschrien.

„Sind Sie verrückt? Wissen Sie überhaupt, wen Sie vor sich haben? Holen Sie mir sofort den Kriminalrat Dörner, Sie Würstchen."

Jetzt zeigte sich die Professionalität des Mannes, den Elke gerade aufs Ärgste beleidigt hatte. Er zuckte mit keiner Wimper und sagte stattdessen:

„Herr Bellmann wurde ermordet und Sie waren die Letzte, die ihn lebend gesehen hat."

„Und wann wurde der Mann ermordet?", fragte Elke.

„Zwischen 14 und 15 Uhr", antwortete KHK Plücker.

„Und wie wollen Sie wissen, wann ich den Herrn verlassen habe, bzw. ob ich überhaupt dort war?", fragte Elke.

Die Antwort auf ihre Frage war niederschmetternd.

„Eine Nachbarin hat sie gesehen und zweifelsfrei identifiziert."

Elke brauchte einen Moment, um nachzudenken. Dann sagte sie:

„*Und was für ein Motiv sollte ich gehabt haben, einen mir völlig fremden Mann zu ermorden?*"

„*Diesen hier*", antwortete KHK Plücker.

Er schob Elke ein Tablet entgegen und zeigte ihr den Blog[11], den Torsten Bellheim verfasst hatte:

„*Elke Storm, eine Journalistin und Pressereferentin des Innenministeriums, erklärt mir in einem sehr persönlichen Gespräch, dass man den Täter der Brandlegungen, sowie die Morde an verdienten Mitbürgern aus Neckarelz, durchaus im Umfeld der Flüchtlingsbewegung suchen könnte.*"

Elke war einer Ohnmacht nahe.

„*So etwa habe ich niemals gesagt*", schrie sie, „*das waren seine Worte, nicht meine.*"

„*Sie geben also zu, dass Sie zum Zeitpunkt des Mordes im Haus des Ermordeten waren?*", fragte KHK Plücker in verschärftem Ton, worauf Elke erwiderte:

„*Ich gebe überhaupt nichts zu.*"

„*Sie waren zum betreffenden Zeitpunkt im Haus des Ermordeten, Ihre Fingerabdrücke konnten zuge-*

---

[11] *Tagebuchartig geführte, öffentlich zugängliche Webseite*

ordnet werden, eine glaubwürdige Zeugin hat sie gesehen, und Sie haben ein Motiv. Das genügt völlig.

Frau Elke Storm, ich nehme Sie fest wegen Mordes an Torsten Bellheim. Alles, was Sie jetzt noch sagen, kann gegen Sie verwendet werden. Sie haben das Recht auf einen Anwalt."

Weiter kam KHK Plücker nicht. Die Tür wurde aufgerissen und Kriminalrat Dörner kam ins Zimmer gestürzt.

„Sie nehmen niemand fest, Plücker. Was hat Sie nur geritten, Frau Oberkriminalrat Storm des Mordes zu bezichtigen. Sie sind der größte Ochse, der mir jemals untergekommen ist."

„Aber Herr Kriminalrat", versuchte KHK Plücker zu erklären, aber sein Vorgesetzter schnitt ihm abrupt das Wort ab.

„Nichts aber. Frau Storm wird sofort auf freien Fuß gesetzt, und ich übernehme de volle Verantwortung.

Und Sie, Plücker, schreiben einen Bericht über das, was sich gerade ereignet hat und legen ihn mir auf den Schreibtisch."

Der Kriminalrat ging zu Elke und sagte:

„Kommen Sie, Frau Oberkriminalrat, und bitte entschuldigen Sie die Unannehmlichkeiten, die ihnen mein übereifriger Kollege bereitet hat."

Herbert Dörner hielt Elke die Tür auf und fügte hinzu:

„Bitte, erlauben Sie mir, dass ich Sie nach Hause fahre. Betrachten Sie es als eine kleine Wiedergutmachung."

Nachdem Elke mit Herbert losgefahren war, bekam sie einen Weinkrampf.

„Weine nur, mein Engel", sagte Herbert, *„und spüle dir den Kummer von der Seele."*

Herbert legte seinen Arm um Elkes Schulter und fügte hinzu:

„Es tut mir so leid, dass ich nicht da war."

Elke beruhigte sich allmählich. Als sie bemerkte, dass Herbert nicht in Richtung Neckarelz fuhr, sagte sie:

„Wohin fährst du?"

„Zu mir nach Hause", antwortete Herbert, *„ich werde dich heute Nacht nicht alleinlassen. Und wenn wir da sind, ruf deine Kolleginnen an, die werden sich schon Sorgen machen."*

„Du bist ein ganz wunderbarer Mann", sagte Elke, *„ich hoffe nur, dass du keine Schwierigkeiten wegen mir bekommst..."*

*****

Die vorübergehende Verhaftung von Elke hatte für reichlich Gesprächsstoff geführt.

Zum einen bei ihren Kolleginnen, welche sich Bemerkungen in Bezug auf Herbert, „den Ritter mit der weißen Rüstung" nicht verkneifen konnten, und zum anderen am Stammtisch im „Schwanen".

„*Um den ist kein Schad*", war die Aussage von Otto, dem „Menschenfreund", dem Marianne massiv entgegentrat.

„*Es ist um jeden Menschen Schad, Otto*", sagte sie, „*du solltest dich schämen, so etwas zu sagen.*"

Während die anwesenden Frauen ihr zustimmten, war die Meinung der anwesenden Männer geteilt. Allein Helmut und Guido stimmten Marianne zu.

„*Was war der Bellheim für ein Mensch?*", fragte Babs in die Runde.

„*Ein rechter Schmierfink*", sagte Otto, „*der hat alles und jeden mit Dreck beworfen.*"

Babs hatte gehofft, dass sich mehr zu Worrt melden würden; aber seltsamerweise schwiegen die anderen.

„*Vor vielen Jahren hatte es einmal einen Skandal gegeben.*"

Es war Guido, der das in die Stille hineingesagt hatte.

„*Was war das für ein Skandal?*", fragte Babs.

„*Das weiß ich nicht*", antwortete Guido, „*das war vor meiner Zeit. Da müsstest du jemanden fragen, der wesentlich älter ist als wir.*"

Die anderen Stammtischbrüder nickten zustimmend.

„*Und? Weiß jemand, wen man da fragen könnte?*"

„*Wieso willst du das wissen?*", fragte jetzt Egon, „*und wo ist überhaupt Elke?*"

„*Elke geht es nicht besonders*", antwortete Babs, „*sie lässt sich entschuldigen.*"

Diese Antwort stimmte nur bedingt. Elke lag zwar die unschöne Geschichte noch schwer im Magen, aber sie verbrachte den Abend lieber mit Herbert, als sich den bohrenden Fragen der Stammtischbrüder stellen zu müssen.

„*Das kann man gut verstehen*", sagte Helmut, „*als Kriminalbeamtin eines Mordes verdächtigt zu werden, das muss man erst einmal verdauen.*"

„*Unschuldig verdächtigt zu werden*", ergänzte Egon beflissen, weil ihm dieses Detail doch sehr wichtig schien.

„*Natürlich unschuldig*", bestätigte Otto fürsorglich, um im Kampf um die Wichtigkeit im Rennen zu bleiben.

„Ich weiß, wenn wir fragen können", murmelte Marianne vor sich hin, und die anderen sahen sie erstaunt an.

„Können wir vielleicht über etwas anderes reden?"

Hermann, der Bäcker, hatte sich zu Wort gemeldet. Er war dieses Themas ganz offenbar überdrüssig geworden, zumal ihm ein viel wichtigeres Thema auf der Seele lag.

„Nützen wir doch die Gelegenheit, jetzt, da Elke nicht da ist, über die Torte zu reden."

„Was für eine Torte?", fragte Egon neugierig. Er war nicht da, als über Elkes Geburtstag gesprochen wurde. Die Stammtischrunde hatte beschlossen, Hermann möge anlässlich des demnächst stattfindenden Geburtstags eine große Torte backen.

„Da gibt es doch nichts mehr zu reden", sagte Otto, *„du backst eine schöne Torte, und wir überraschen Elke damit."*

„Du lieber Gott", stöhnte Hermann, *„da sieht man wieder einmal, was für ein Banause du bist."*

„Pass auf, was du sagst", erwiderte Otto, der seine Augenbrauen bedrohlich in die Höhe gezogen hatte.

„ So eine Torte ist ein Kunstwerk", fuhr Hermann unbeirrt fort, *„da geht es um den Teig, die Füllung und nicht zuletzt um die Verzierung."*

„*Was fragst du uns?*", mischte sich jetzt auch Emil ein, „*du bist doch der Fachmann.*"

„*Schon*", erwiderte Hermann, „*wie ist es zum Beispiel mit einem Text auf der Torte? Soll ich etwas draufschreiben?*"

„*Schreib einfach <für die liebe Elke> und stecke ein paar Kerzen drauf.*"

Diese Bemerkung des Schreiners kränkte Hermann.

„*Man merkt, dass du ein gefühlloser Bestatter bist, weil du nur mit Toten zu tun hast.*"

Das war eindeutig zu viel. Emil war aufgesprungen.

„*Das nimmst du sofort zurück!*", schrie Emil laut, worauf Hermann antwortete:

„*Ich denke gar nicht daran.*"

Es wäre wohl noch eine Weile so weitergegangen, wenn nicht Heike an den Tisch gekommen wäre und gesagt hätte:

„*Entweder ihr hört sofort auf mit dem Blödsinn und gebt euch die Hand, oder ihr verlasst auf der Stelle das Lokal und kommt nicht wieder.*

Und das mit der Torte besprichst du am besten mit Babs und den anderen."

„Das ist eine gute Idee", sagte Babs und zu Heike gewandt:

„Bring uns eine Runde und schreibe sie auf meinen Deckel. Und dann wird gesungen. Ich wünsche mir das Westerwaldlied, das mag ich sehr."

Helmut, der während seiner aktiven Zeit Kindern Musik beigebracht hatte und noch vor ein paar Jahren den Gesangverein leitete, verdrehte wieder einmal seine kugelrunden Augen.

Er litt unter der Vorstellung, dass jetzt gleich Worte, wie „Eukalyptusbonbons" und „prima Damenschlüpfer" in sein Gehör dringen würden, weil sich diese Worte an dem schönen Lied immer wieder „vergreifen" mussten.

Aber es half nichts. Er vermochte diesen Niederungen deutschen Gesangs nicht zu entfliehen, würde er die Gesellschaft seiner Stammtischbrüder nicht verlieren wollen. Und außer ihnen war ihm ja nichts geblieben, seit seine Frau gestorben war…

*****

Marianne hatte lange überlegen müssen, ob sie Augusta ihre wahre Identität offenbaren sollte. Ihre Vertrautheit mit der wesentlich älteren Frau hatte schließlich den Ausschlag gegeben, diesen Schritt zu wagen.

Augusta freute sich über Mariannes Entschluss und ließ es dabei bewenden. Sie sagte lediglich *„ihr seid wegen der Brandstifter da; ich habe mir schon so etwas gedacht."*

Als bei der zurückliegenden Tortendiskussionsrunde, in Zusammenhang mit dem toten Journalisten, das Wort „Skandal" fiel, und dass sich niemand genau daran erinnern konnte, weil es schon zu lang zurückläge, musste Marianne spontan an Augusta denken.

„Ich hätte da eine Frage, liebe Augusta", startete Marianne am nächsten Tag eine hoffentlich aussichtsreise Recherche.

„Dann frag doch einfach", kamen die aufmunternden Worte von Augusta zurück.

„Du weißt ja inzwischen, dass wir wegen der Brandstiftungen und der eventuell damit verbundenen Morde verdeckt ermitteln", sagte Marianne.

„Und weiter?", drängte Augusta.

„Gestern Abend fiel am Stammtisch das Wort Skandal. Es hängt irgendwie mit dem toten Journalisten zusammen."

„Du meinst Bellheim, diesen Aasgeier", erwiderte Augusta.

„Warum nennst du ihn Aasgeier?", fragte Marianne.

„Wie nennest du einen Menschen, der im Leid anderer Menschen herumwühlt und der keine Skrupel hat, Lügen zu verbreiten?", antwortete Augusta.

Marianne blieb die Antwort schuldig. Stattdessen fuhr sie fort:

„Was weißt du über einen Skandal, der schon so lange zurückliegt, dass sich niemand daran erinnern kann?"

Augusta dachte nach. Mariannes Hoffnung schwand zusehends. Vielleicht war ja alles nur dummes Gerede.

„Ich weiß schon", sagte Augusta plötzlich, *„du meinst wohl die Sache mit den Bränden im Hammer."*

„Was bedeutet das Wort <Hammer>?", fragte Marianne.

„Ich glaube, es hieß damals <Hammerweglager>, aber im Volksmund hieß es immer nur <Hammer>.

Das war ursprünglich ein Strafgefangenenlager für Hunderte SS-Leute, die wegen Verstoßes gegen die Regeln der SS selbst zu Zwangsarbeit verurteilt worden waren.

Nach der Befreiung durch die Amerikaner wurden dort Vertriebene aus Ungarn untergebracht. Sie mussten dort auf engstem Raum hausen und wurden zudem von den Einheimischen gemieden.

Sprachbarrieren – die Einheimischen sprachen Dialekt und die Flüchtlinge Ungarn-Deutsch – machten das Zusammenleben schwer.

Anfang Fünfzig haben dann einige der Baracken gebrannt. Es wurde gemunkelt, dass die Brände gelegt worden seien. So ganz genau weiß ich das auch nicht mehr..."

Hier stockte Augusta mit ihrer Schilderung.

„Aber es gibt sicher noch Berichte aus dieser Zeit. Das Medieninteresse war damals ziemlich groß", fuhr Augusta fort, *„du müsstest nur nachfragen. Die kamen von überall her. Sogar aus Karlsruhe und Stuttgart."*

„Du hast mir gerade ein Riesengeschenk gemacht, Augusta", bedankte sich Marianne überschwänglich, *„da werden sich die anderen sicher sehr freuen."*

Marianne hatte beschlossen, den anderen nichts davon zu sagen, dass Augusta über ihre wahre Identität Bescheid wusste.

Sie wollte sich dem potentiellen Tadel durch Elke nicht aussetzen und außerdem war es ja nicht wirklich von Bedeutung fü die Ermittlungen.

So jedenfalls hatte Marianne ihre Vorgangsweise sich selbst gegenüber schmackhaft gemacht.

*****

Als Marianne den anderen ihre Erkenntnisse darge-
legt hatte, brach allgemeine Begeisterung aus.

*„Ich weiß auch schon, wie wir mehr darüber er-
fahren können"*, sagte Babs, *„ich habe gute Connec-
tions zur Süddeutschen Zeitung. Die werde ich gleich
einmal anzapfen."*

„Mach das, Babs", sagte Elke, *„und jetzt lasst uns
darüber nachdenken, was diese neuen Erkenntnisse
für uns bedeuten."*

*„Ich denke, die Brände von damals und die Brände
von heute sind in Zusammenhang zu bringen."*

„Sehr gut, Eva", sagte Elke, *„weiter, weiter!"*

Ihr Blick wanderte von einer zu anderen, in der
Hoffnung auf weitere Impulse.

*„Und ich glaube, dass unsere drei Toten irgendwie
in der Geschichte mit drinstecken"*, sagte Biggi.

„Das denke ich auch", bestätigte Elke, *„den toten
Obdachlosen können wir außenvorlassen. Das ist ein
Kollateralschaden."*

Marianne musste bei dem Wort schlucken. Elke
hatte keine Hemmung, dieses Wort, in Verbindungmit
einem Unschuldigen, zu verwenden. Marianne hätte
es wohl nicht gekonnt; aber deshalb war auch Elke die
Chefin und nicht sie.

*****

Über ihren Kontakt bei der Süddeutschen Zeitung hatte Babs den entsprechenden Artikel, der über den Brand im Barackenlager Hammerweg berichtete, mit entsprechendem Bildmaterial, erhalten.

Und da stand es dann auch geschrieben, dick und fett:

Klein-Ungarn in Flammen

Neckarelz *Bei einem Brand in Neckarelz sind mehrere Baracken, in welchen vertriebene Ungarndeutsche untergebracht sind, die Anfang 1946 aus Ungarn in Viehwaggons deportiert wurden, Opfer der Flammen geworden. Einige Personen erlitten dabei Brandverletzungen und Rauchvergiftungen. Leider sind auch zwei Todesopfer zu beklagen. Die Polizei stellt Nachforschungen an. Brandstiftung kann nicht ausgeschlossen werden.*

Nachdem Babs den Artikel laut vorgelesen hatte, machte sich Betroffenheit breit.

Eva Anna war die erste, die Worte dazu fand.

„Der Hass gegen alles Fremde wird nie aufhören", sagte sie, *„das war schon immer so, und das wird auch in alle Ewigkeit so bleiben."*

„Wie sich die Bilder gleichen..."

Marianne hatte es einfach vor sich hingemurmelt.

„Was meinst du damit?", fragte Biggi.

„*Der Vorfall damals und unser Fall jetzt*", antwortete Marianne, „*findet ihr nicht auch, dass bei unserem Fall ebenso Hass das Tatmotiv sein könnte?*"

„*Ausschließen können wir es jedenfalls nicht*", pflichtete Babs bei und Elke sagte:

„*Ich werde mit Polizeirat Dörner darüber reden.*"

„*Mach das, Boss*", sagte Eva Anna, „*und grüß ihn lieb von uns.*"

*****

„*Kannst du uns Unterlagen zu dem Fall von damals besorgen?*"

Elke war direkt mit der Tür ins Haus gefallen. Sie hatte dem Kriminalrat die Zeitung einfach auf den Schreibtisch gelegt.

„*Auch dir einen wunderschönen guten Tag, liebe Kollegin!*"

„*Bitte, entschuldige*", sagte Elke, „*aber, wie es aussieht, haben wir endlich eine Spur, die uns weiterbringen könnte.*"

„*Ist schon in Ordnung*", erwiderte Herbert, „*dann lass mich einmal sehen, was du mir Schönes mitgebracht hast.*"

Herbert überflog den Artikel und sagte danach:

„*Das ist ja ewig her. Wie bist du darauf gekommen?*"

„*Marianne hat eine Zeitzeugin gefunden, und Babs hat uns den Artikel besorgt*", antwortete Elke.

„*Und ich soll dir die Akten von damals besorgen*", sagte Herbert.

„*Das sagte ich bereits*", erwiderte Elke etwas gereizt.

„*Sachte, sachte, schöne Frau*", erwiderte Herbert leicht amüsiert über die Ungeduld von Elke.

„*Weißt du, wie lange wir schon erfolglos in dieser Sache herumstochern?*", erwiderte Elke, eine Spur gereizter als noch gerade eben, „*ich bekomme schon Druck von oben.*"

„*Ich hänge mich gleich ans Telefon*", sagte Herbert, „*ich weiß auch schon, wen ich anrufe.*"

„*Vielen Dank*", erwiderte Elke, „*und bitte, entschuldige meinen aggressiven Ton von vorhin.*"

„*Welchen aggressiven Ton?*", fragte Herbert, „*aber wenn das so war, dann kannst du mich ja zum Essen einladen. Was hältst du davon?*"

„*Du lieferst mir die Unterlagen, und dann lade ich dich zum Essen ein*", sagte Elke, „*aber du zahlst.*"

„Genauso machen wir das, mein Engel", erwiderte Herbert, worauf Elke ihren Zeigefinger demonstrativ in die Höhe streckte und sagte:

„Aber nicht doch, Herr Kriminalrat. Was sollen nur die Leute sagen; wir sind doch schließlich im Dienst."

„Hinaus mit dir, du schreckliches Weib", erwiderte Herbert, *„sonst lasse ich dich noch in Ketten legen."*

„Das kling sehr verlockend", sagte Elke, *„ich glaube, wir sollten das demnächst einmal ausprobieren."*

*****

Herbert hatte die Akte besorgt und eine Kopie davon an Elke übergeben. Bei den Akten befanden sich auch Bilder.

Eines davon zeigte Teile einer betroffenen Familie mit dem Vermerk: Balázs und Ilona Molnár, mit ihrem kleinen Kind Attila.

Aus der Akte ging hervor, dass die Großeltern in dieser Familie, Ádám und Emese Molnár, bei dem Brand ums Leben gekommen waren.

Sie waren allein in der Baracke und wurden im Schlaf überrascht.

Balázs und Ilona Molnár waren mit dem kleinen Attila in einer anderen Baracke zu Besuch, als das Feuer ausbrach.

Als sie zu ihrer Baracke eilten, war es schon zu spät. Die Großeltern konnten nur noch tot geborgen werden.

Auf dem Bild kann man das nackte Entsetzen in den Gesichtern ablesen, die mit ihrem weinenden Kind machtlos der Tragödie gegenüberstehen.

War die Vertreibung aus Ungarn schon eine schwere Prüfung, so musste diese eine viel schlimmere und nur schwer zu bewältigende Prüfung gewesen sein.

Als Elke mit ihren Kolleginnen die Akte durchging, und als sie zu dem Bild kamen und den damit verbundenen näheren Umständen konfrontiert wurden, waren sie den Tränen nahe.

„Weiß man, was aus der Familie geworden ist?", fragte Marianne, die sich als Erste aus der Erstarrung zu lösen vermochte.

„Nein", antwortete Elke, *„aber wir werden es herausfinden."*

„Und welche Schweine dieser Familie das angetan haben", fügte Biggi hinzu.

*****

Das Zentralmelderegister hatte das gewünschte Ergebnis erbringen können:

Balázs und Ilona Molnár waren beide inzwischen verstorben. Von ihrem Sohn Attila konnte jedoch kein Verbleib festgestellt werden.

Die Vermutung lag nahe, dass er wahrscheinlich ins Ausland abgewandert war.

„Hat irgendwer eine Idee, wie wir weiter verfahren können?"

Elkes Frage an ihre Kolleginnen dokumentierte deutlich die Hilflosigkeit, welcher sich die fünf Frauen ausgesetzt sahen.

Allgemeines Schulterzucken war die Antwort.

„Ich könnte noch einmal mit Augusta reden", sagte Marianne. *„Ich weiß zwar nicht, ob es irgendetwas bringt; aber schaden kann es nicht."*

„Mach das, Marianne", sagte Elke, *„und die anderen schauen, ob sie Menschen finden, die damals in diesem Lager gewohnt haben. Die werden ja nicht alle gestorben oder weggezogen sein."*

„Ich glaube, das könnte vielleicht sogar ein Fall für den Stammtisch sein", sagte Biggi.

*****

Marianne hatte die Bilder vom Brand im Hammerweg für Augusta mitgenommen und ihr gezeigt.

„Jetzt erinnere ich mich wieder", sagte Augusta, *„Janica hat mir das damals erzählt."*

„Wer ist Janica?", fragte Marianne.

„Als du neulich bei mir zuhause warst, habe ich dir doch erzählt, wer meine Nachbarn in der tollen Villa sind", antwortete Augusta.

„Ja", sagte Marianne, *„die Besitzer der Eisengießerei, die genau gegenüber der Villa liegt."*

„Richtig", sagte Augusta, *„und Janica war ihr Dienstmädchen. Sie war eine der vertriebenen Frauen aus dem Lager, die eine Anstellung bei den Roths gefunden hat."*

„Und ist sie dort noch immer tätig?", fragte Marianne aufgeregt, *„glaubst du, ich könnte mit ihr reden?"*

„Das weiß ich nicht", sagte Augusta, *„sie war damals nicht mehr sehr jung. Und vielleicht hat sie ja irgendwann geheiratet und hat jetzt selbst Familie."*

„Aber das musst du doch wissen, Augusta", erwiderte Marianne in einem leicht vorwurfsvollen Ton, *„du wohnst doch direkt daneben."*

Der Blick von Augusta ließ erkennen, dass Marianne gerade übers Ziel hinausgeschossen war.

„Bitte, entschuldige Augusta", sagte Marianne, *„das war gerade nicht in Ordnung von mir. Es tut mir leid."*

„Ist schon gut, Marianne", erwiderte Augusta, *„am besten wird sein, du gehst zu Roths und fragst sie ganz einfach."*

„Das werde ich machen, Augusta", sagte Marianne, *„und vielen Dank. Du hast mir sehr geholfen."*

*****

Der Besuch in der Villa Roth war zunächst eine Enttäuschung für Marianne.

Nachdem sie angeläutet hatte, öffnete eine junge Frau. Auf die Frage nach einem Dienstmädchen namens Janica, bekam Marianne die Antwort:

„Wir haben kein Dienstmädchen. Aber warten Sie, ich rufe meinen Mann."

Der Mann, der dann erschien, war der Sohn des Fabrikanten, der den Betrieb übernommen hatte, nachdem sein Vater verstorben war.

„Bitte, kommen Sie doch herein", sagte er, nachdem Marianne den Grund ihres Besuches gesagt hatte.

„*Die alte Janica*", sagte Paul Roth jr., „*sie war eine treue Seele. Meine Eltern mochten sie sehr. Und ich auch.*"

„*Sie ist tot*", erwiderte Marianne tonlos.

„*Nein, nein*", stieß Paul Roth jr. heftig hervor, „*sie ist nicht tot. Sie lebt in einer Seniorenresidenz. Wir besuchen sie hie und da.*"

„*Hat sie Familie?*", fragte Marianne, worauf Paul Roth jr. erwiderte:

„*Wir waren ihre Familie.*"

„*Können Sie mir bitte sagen, in welchem Heim ich die Frau besuchen kann?*"

„*Das ist kein Heim*", korrigierte Paul Roth jr., „*das ist eine Seniorenresidenz. Mein Vater hat dafür gesorgt, dass es ihr an nichts mangelt.*"

„*Tue Gutes und rede darüber*", schoss es Marianne durch den Kopf, die sich gerade nicht sicher war, ob der Sohn genauso gehandelt hätte.

Paul Roth jr. gab Marianne die Adresse der Residenz, und danach machte sich Marianne wieder auf den Weg ins Oberdorf, um den anderen zu berichten.

Am Abend würde dann die Katze aus dem Sack gelassen werden.

*****

„Wir sind Mitglieder einer SOKO und untersuchen die Brandstiftungen, in Verbindung mit den Morden an Friedrich Matt, Karl Steinmann und Torsten Bellheim. "

Die Nachricht schlug ein wie eine Bombe. Elke hatte, in Absprache mit Kriminalrat Dörner, beschlossen, nicht mehr länger verdeckt zu operieren.

Verwirrung trat ein. Alle sagten irgendetwas; aber keiner konnte es verstehen.

„Es ist mir völlig bewusst, dass Sie die Mitteilung überrascht", versuchte Elke mit lauter Stimme die Ruhe wieder herzustellen.

„Und ich, beziehungsweise wir, würden auch ebenso gut verstehen, wenn ihr uns nicht mehr an eurem Tisch haben wollt. "

Elke war vom anfänglichen SIE wieder zu dem vertrauten DU zurückgekehrt.

„Ich habe es von Anfang an gesagt, dass Frauen beim Stammtisch nichts verloren haben", sagte Helmut Konrat triumphierend, *„aber auf mich hat ja keiner gehört. "*

„Wieso hast du dann keinen einzigen Stammtischabend versäumt, wenn dir die Gesellschaft der Damen so missfallen hat? "

Egon Hase genoss jedes einzelne Wort.

Nachdem keine weiteren Wortmeldungen kamen, sagte Babs in kernigem Schwäbisch:

„Wollt ihr uns noch oder nicht? Vielleicht wollt ihr ja darüber abstimmen."

„Blödsinn", sagte Otto, *„ihr bleibt. Und wenn es dem Herrn Lehrer unangenehm ist, dann kann er ja gehen."*

Helmuts Augen drohten aus ihren Höhlen zutreten, als er die Kampfansage von Otto hörte.

„Hört auf", sagte Elke, *„wir wollen keinesfalls der Grund für irgendwelche Unstimmigkeiten zwischen euch sein. Dann bleiben wir lieber weg."*

„So! Jeder nimmt ein Glas und dann trinken wir auf die Freundschaft. Und du, Helmut, solltest das am besten verstehen. Du hast es selber erlebt, wie es ist, wenn man sich seine Freunde erst erarbeiten muss."

Heike hatte damit auf Helmuts Ankunft in Neckarelz, nach seiner Flucht aus Ostpreußen angespielt. Sie stellte das Tablett mit den Schnapsgläsern auf den Tisch und schaute Helmut Konrat dabei erwartungsvoll an.

Helmut schätzte die resolute Wirtin, und er hatte ihre Worte wohl verstanden. Er ergriff eines der Gläser und sagte, wenn auch ein wenig widerwillig:

„Auf die Freundschaft! Und auf die Damen!"

„*Geht doch*", sagte Heike, griff selbst nach einem der Gläser, und als alle ihr Glas genommen hatte, sagte auch sie:

„*Prost! Auf die Freundschaft!*"

*****

Als Marianne mit Biggi vor dem Gebäude mit der Aufschrift „Sonnenschein" stand, verstand sie, warum sich Paul Roth jr. so auf die Bezeichnung „Seniorenresidenz" versteift hatte.

Umgeben von einem riesigen Park stand ein Bau von großem Ausmaß, für den nur edle Materialien verwendet worden waren.

Davor befand sich eine riesige Sonnenterrasse mit einem Pool, Liegestühlen und Sonnenschirmen. Alles für die betagten und betuchten Herrschaften, die sich das leisten konnten.

Janica Szabó hätte das niemals gekonnt, aber sie hatte ja in Paul Roth sen. einen Mäzen, der das notariell festgelegt hatte.

Als dies nach der Testamentseröffnung offenbar wurde, erstaunte das die Witwe in hohem Maße. Sicher, ihr Gatte mochte das Dienstmädchen; aber so sehr, dass er ihr solch ein großes Geschenk machte?

„*Guten Tag, Frau Szabó*", sagte Marianne, „*wir haben Ihnen ein paar Blumen mitgebracht.*"

Janica Szabó nahm die Blumen entgegen und fragte:

„*Wer sind Sie, und was wollen Sie?*"

„*Mein Name ist Marianne, und das ist Biggi*", antwortete Marianne, „*wir sind auf der Suche nach einem Mann, und wir hoffen, dass Sie uns helfen können.*"

Als Janica nicht gleich darauf reagierte, sagte Marianne weiter:

„*Wir sollen Sie auch recht lieb von der Familie Roth grüßen. Sie wollen Sie demnächst wieder einmal besuchen.*"

Das stimmte zwar so nicht, aber der Zeck heiligt ja bekanntlich die Mittel. So sagt man zumindest.

„*Ach ja?*", erwiderte Janica, und der Klang ihrer Stimme war von großem Zweifel gefärbt.

„*Und wer soll das sein, den sie suchen?*", führte Janica das Gespräch wieder zum Wesentlichen zurück.

Marianne nahm die Fotografie und hielt sie Janica entgegen. Sie zeigte auf das Kind, welches auf dem Arm ihrer Mutter saß.

Über das Gesicht von Janica ging ein Leuchten.

„Ó Istenem... "[12]

Janica hielt das Bild mit beiden Händen fest. Sie wiederholte diese Worte wieder und wieder. Tränen stiegen ihr ins Gesicht.

„Sie kennen den Namen des Kindes? ", fragte Biggi vorsichtig, und Janina antwortete:

„Ez Attila, ez a kis Attila. "

Marianne und Biggi verstanden zwar nicht alles, konnten sich aber vorstellen, was Janica ihnen gesagt hatte.

„Das ist der kleine Attila", wiederholte Janica ihre Worte auf Deutsch.

„Wissen Sie vielleicht auch, wo wir ihn finden können? "

Misstrauen erwachte bei Janina, und sie fragte:

„Wer sind Sie und warum wollen Sie das alles wissen? "

„Wir sind von der Polizei", antwortete Marianne und zeigte ihren Sonderausweis.

---

[12] *Oh mein Gott - ungarisch*

„Es geht um die Brandstiftung von damals, in welche die Familie Molnár involviert war."

„Das war eine furchtbare Geschichte", sagte Janica, „so viel Leid."

„Der Fall wird neu aufgerollt. Die Schuldigen von damals sollen gefunden und bestraft werden."

„Warum erst jetzt?", fragte Janica berechtigterweise.

„Weil es schon wieder Brandstiftungen gegeben hat", antwortete Marianne. „Haben Ihnen die Roths nichts davon gesagt?"

„Die Roths...", erwiderte Janica. „Die haben Besseres zu tun, als eine alte Frau zu besuchen."

Marianne und Biggi sahen sich an. Da hatte ihnen Paul Roth jr. wohl einen gewaltigen Bären aufgebunden.

„Bekommen Sie denn gar keinen Besuch?", fragte Biggi.

„Attila hat mich ein paar Mal besucht", antwortete Janica, „aber das ist auch schon wieder eine Weile her."

„Attila Molnár?", fragte Marianne.

„Nein", erwiderte Janica, „der heißt jetzt nicht mehr Molnar. Der heißt jetzt so, wie seine Frau. Eine Schande ist das."

„Und wie heißt er jetzt?", fragte Biggi.

„Wie seine Frau", erwiderte Janica und fügte beinahe ein wenig mürrisch hinzu:

„Das habe ich Ihnen doch gerade gesagt."

„Meine Kollegin wollte wissen, wie der Name von der Frau ist?", sagte Marianne.

„Das weiß ich nicht", antwortete Janina. „Ich will es auch gar nicht wissen. Irgend so ein deutscher Name. Es ist eine Schande..."

Marianne und Biggi sahen die Frau eine Weile einfach nur an, in der Erwartung, der Name würde ihr vielleicht doch noch einfallen; aber vergebens.

„Ich bin müde", sagte Janica, wendete ihren Blick von den beiden Ermittlerinnen ab und fügte hinzu:

„Gehen Sie; ich muss mich jetzt hinlegen."

Als Marianne und Biggi den Raum verließen, hörten sie Janica noch hinterherrufen:

„Und grüßen Sie mir die Roths recht herzlich."

*****

„Ich habe fast ein schlechtes Gewissen", sagte Elke. „Während meine lieben Kolleginnen fieberhaft einem Täter hinterherrennen, lasse ich mich hier verwöhnen."

Herbert hatte Elke überredet, seine Einladung anzunehmen, mit ihm einen Tag und eine Nacht in Heidelberg zu verbringen.

„Du hast schließlich heute Geburtstag, mein Engel", erwiderte Herbert, „und da kann man sich schon einmal verwöhnen lassen."

So sehr sich Elke am Anfang gesträubt hatte, mit Herbert das wunderschöne Romantikhotel in Heidelberg zu besuchen, so sehr genoss sie es jetzt.

Herbert hatte ihr die Stadt gezeigt, war mit ihr hinauf zum Schloss gefahren, und jetzt ließen sie sich im Spa des Hotels verwöhnen.

Nach der Massage gings ab in die Sauna und danach in die große Poolanlage.

„Jetzt muss ich mich erst einmal etwas ausruhen", sagte Elke, „so ein Verwöhnprogramm ist ganz schön anstrengend. Lass uns ins Zimmer gehen und eine Mütze Schlaf nehmen."

„Wie du möchtest, Geburtstagskind", erwiderte Herbert, „alles geschehe nach deinem Willen."

„Ich kann mich nicht erinnern, je einen solch tollen Geburtstag gefeiert zu haben", sagte Elke.

„*Nicht einmal als Kind?*", fragte Herbert.

„*Nicht einmal als Kind*", erwiderte Elke und gab Herbert einen Kuss.

„*Für was war das denn?*", fragte Herbert spaßeshalber.

„*Dafür, dass du so lieb zu mir bist*", antwortete Elke, und Herbert wunderte sich über Elkes Wortwahl und die Art, wie sie es gesagt hatte.

Am Abend führte Herbert Elke in das Restaurant des Hotels, wo ein mit einem Rosenstrauß geschmückter Tisch auf sie wartete.

Der Direktor des Hotels ließ sich es nicht nehmen, eine Flasche Champagner servieren zu lassen und einen Glückwunsch auszusprechen.

Als er sich vom Tisch wieder entfernt hatte, sagte Elke:

„*Was war das denn? Ich kann mir nicht vorstellen, dass er das mit allen Geburtstagsgästen so macht.*"

„*Ich glaube, er macht das nur mit Gästen, die einen ganz besonderen Liebreiz haben. So wie du eben*", erwiderte Herbert und sah dabei in Elkes strahlende Gesicht.

*****

Die Stammtischrunde war wieder komplett versammelt.

„Ich möchte euch etwas mitteilen", sagte Elke.

„Wie ihr ja inzwischen wisst, ermitteln meine Kolleginnen und ich in dieser Brand- und Mordserie. Ein Gasthaus kann natürlich nicht der Rahmen für Befragungen sein. Das ist ja wohl klar.

Aber wir möchten dennoch zwanglose Gespräche mit euch führen, wenn ihr versteht, was ich damit sagen will. Ich meine, so als Dorftratsch oder so…"

Elke hielt inne, um die Worte wirken zu lassen.

„Dorftratsch ist Weibersache", korrigierte Otto bedeutungsvoll, *„wir Männer führen Diskussionen."*

„Ein typischer lapsus linguae[13]", fügte Helmut hinzu, was umgehend Egon auf den Plan rief. Er starrte Helmut an und sagte:

„Das ist noch lange kein Grund, Elke zu beleidigen."

Helmut verdrehte die Augen über Herberts Bemerkung. Es drängte sich einmal mehr in sein Bewusstsein, dass der Dorfbarbier nicht zwingend zum Kreis der Intellektuellen gehörte.

---

[13] *Versprecher - lateinisch*

„*Entschuldigt, ihr lieben Herren*", versuchte Elke zu schlichten, „*ich wollte niemanden kränken.*"

Plötzlich ging das Licht aus, und eine riesige Torte mit vielen kleinen Kerzen wurde von Heike hereingetragen, begleitet von inbrünstigem Gesang:

„*Zum Geburtstag viel Glück, zum Geburtstag viel Glück. Zum Geburtstag, liebe Elke, zum Geburtstag viel Glück!*"

Emil konnte gerade noch rechtzeitig den riesigen Stammtisch-Aschenbecher auf die Seite räumen, bevor Heike das Kunstwerk mitten auf den Tisch stellte. Dann stimmte Heike noch einmal das Geburtstagsständchen an, und dieses Mal stimmten alle Anwesenden mit ein.

„*Herzlichen Glückwunsch, liebe Elke,* sagte Heike am Ende der Gesangsdarbietung, „*diese Torte hat unser Meisterbäcker Herrmann für dich gebacken. Eigentlich hättest du sie ja schon gestern bekommen sollen; aber du warst ja nirgends auffindbar.*"

„*Die Torte ist von uns*", meldet sich nun Marianne zu Wort, „*genaugenommen aber nur die Idee. Die Stammtischbrüder haben darauf bestanden, die Kosten dafür zu übernehmen.*"

„*Und den Kaffee und die erste Runde gehen auf mich*", ergänzte Heike freudig.

Elke betrachtete das Backwerk nun etwas genauer.

Die Torte war riesig. Und sie war reichlich verziert.

In der Mitte war eine Plastikfigur von Lucky Luke platziert, die von einem Kind wahrscheinlich gerade schmerzlich vermisst wurde, und darunter stand geschrieben „Scherif Elke".

Und wieder empfand der einzige Intellektuelle in der Runde, namens Helmut, dass es bei seinen Mitbrüdern – die Rechtschreibkunst betreffend – sehr im Argen wäre.

Elke fühlte, wie es ihr die Kehle zudrückte.

„Ihr seid verrückt", stammelte sie, *„das werde ich euch nie vergessen. Vielen, vielen Dank!"*

Und dann wurde kräftig die Hand geschüttelt, auf die Schulter geklopft, und hie und da auf die Wange geküsst. Allen voran der Dorf Don Juan Otto.

Heike hatte am Eingang ein Schild aufgehängt, auf dem „Geschlossene Gesellschaft" zu lesen war, was aber niemand davon abhielt, den Klängen der Musik zu folgen, die aus dem Lokal nach draußen drangen.

Der traurige Hans spielte auf, und zu den allbekannten Gassenhauern, wie „Es war einmal ein treuer Husar" oder „Fliege mit mir in die Heimat" wurde geschunkelt und getanzt bis in die frühen Morgenstunden.

*****

Emil Heise, der Tischler und Bestatter hatte Elke um eine Unterredung gebeten.

„Ihr interessiert euch doch für den Matt, den Steinmann und den Bellheim. Vielleicht kann euch meine Oma weiterhelfen."

„Wie das?", erwiderte Elke überrascht.

„Weil sie schon so alt ist und weil sie mit meinem Opa das Bestattungsgeschäft gegründet hat. Da erfährt man so allerhand."

„Kann ich mich mit deiner Oma treffen?", fragte Elke und Emil antwortete:

„Du kannst jederzeit bei uns vorbeikommen. Meine Oma ist immer zuhaus."

„Könnte ich jetzt gleich mitkommen?", fragte Elke voller Ungeduld.

„Von mir aus", erwiderte Emil, *„meine Oma wird sich freuen; sie bekommt so selten Besuch."*

Elke wurde stutzig. Ging es am Ende nur darum, einer alten Frau Gesellschaft zu leisten?

Als sie wenig später Wilhelmine Heise gegenübersaß, blickte sie in ein Gesicht mit wachen Augen.

„Sie möchten etwas wissen über die drei übelsten Gesellen, die je in unserem Dorf gelebt haben?"

Als Elke das hörte, wusste sie, dass sie nicht zum Zeitvertreib einer alten Frau gekommen war, sondern um wichtige Informationen zu erhalten.

„Diese drei waren Freunde des Bösen", begann Wilhelmine, *„das war vor dem Krieg so und auch danach."*

„Als die Nazis an der Macht waren, hat Helmut Matt, der Bruder von Friedrich Matt, ihm die ganzen Grundstücke zugeschanzt, auf denen er sein Imperium aufgebaut hat."

„Wie war das möglich?", fragte Elke.

„Helmut Matt war Gauleiter", antwortete Wilhelmine und fuhr fort.

Friedrich Matt und seine Braunhemden[14] haben die Äcker vergiftet, sodass sie unbrauchbar wurden. Irgendwann mussten die Bauern dann verkaufen.

Sie haben sich zwar gewehrt, aber ihre Klagen wurden abgeschmettert. Sie dürfen dreimal raten, von wem."

„Von Richter Steinmann, nehme ich an", erwiderte Elke.

Wilhelmine gab keine Antwort darauf.

------

[14] *Bezeichnung für Angehörige der SA*

„*Aber was hatte Torsten Bellheim damit zu tun?*", fragte Elke.

„*Der kam erst später ins Spiel*", antwortete Wilhelmine, „*als dann die Sache mit den Brandstiftungen im Hammer war.*"

„*Die Artikel, die er schrieb, waren rassistisch und polemisierend. Dadurch erweckte er das Interesse von Friedrich Matt, der es zu einer gewissen Größe gebracht hatte und sich sogar um den Posten des Bürgermeisters beworben hatte.*

Aber Gott sei Dank, war er bei den Neckarelzern nicht so beliebt wie er geglaubt hatte. Und es gab keine Unterstützung durch seine früheren Gesinnungsgenossen mehr, die Angst und Schrecken verbreitet hatten."

„*Steckte Friedrich Matt hinter den Brandstiftungen?*"

„*Natürlich*", antwortete Wilhelmine. „*Alle wussten es, aber keiner hat sich getraut, es laut auszusprechen. Und der Schmierfink Bellheim hat in seiner Zeitung laut getönt, dass die Kommunisten dahinterstehen würden.*"

„*Können Sie sich erinnern, dass damals Menschen zu Schaden gekommen sind bei dem Brand?*"

„*Ja, natürlich*", erwiderte Wilhelmine, „*Das stand sogar in der Zeitung. Von überall her kamen Reporter.*"

Elke zeigte Wilhelmine das Bild von der Familie Molnár.

„Der kleine Viktor", sagte Wilhelmine und strich mit ihren Fingern über das Gesicht des Kindes auf der Fotografie.

„Das Kind heißt Attila", korrigierte Elke die alte Frau.

„Ich weiß", erwiderte Wilhelmine, *„Attila, Viktor Molnár. Aber wir nannten ihn lieber Viktor. Attila klingt so gefährlich. Wie der Hunnenkönig früher."*

Elke lief ein kalter Schauer über den Rücken. Sie fühlte, dass sie gerade auf eine Goldgrube gestoßen war.

„Heißt das, Sie kannten die Familie?"

„Sicher", antwortete Wilhelmine, *„Balázs hat doch bei meinem Mann in der Tischlerei gearbeitet."*

Jetzt waren auch die letzten Zweifel beseitigt.

„Wissen Sie vielleicht zufällig, was aus dem Jungen geworden ist?", fragte Elke.

„Leider nein", antwortete Wilhelmine, *„aber ich glaube, ich habe noch Bilder von ihm, als er mit seinem Vater in der Werkstatt war."*

*****

Die Aufregung war groß, als Elke den anderen von dem Gespräch mit Wilhelmine Heise berichtete.

„Da hätten wir ja ewig nach einem Attila Molnár suchen können", sagte Eva Anna, „vielleicht sollten wir es einmal mit Viktor versuchen."

Biggi hielt die ganze Zeit über die Fotografie in der Hand, welche Elke von Wilhelmine erhalten hatte.

„Was glaubst du zu entdecken?", fragte Babs ihre jüngere Kollegin mit einem leichten Grinsen, worauf Biggi antwortete:

„Es gibt eine Bildbearbeitungs-Software, eine Art Morphing, mit der man Gesichter auf Bildern bearbeiten kann, sodass man in etwa sehen kann, wie ein junger Mensch im Alter aussehen könnte.

„Das kenne ich", sagte Elke, *„bei uns im LKA wird das manchmal eingesetzt."*

„Bei uns sicherlich auch", wollte Babs nicht nachstehen, *„aber was hoffst du damit zu erreichen?"*

„Ich weiß nicht", erwiderte Biggi, *„aber vielleicht erkennt jemand das Bild vom erwachsenen Attila Viktor."*

„Einen Versuch ist es auf jeden Fall wert", sagte Eva Anna, *„und wir haben ja nichts zu verlieren."*

*****

Elke hatte die Fotografie an das LKA Hamburg geschickt. Schon am übernächsten Tag lag das Ergebnis vor.

Als Sie das Bild eines erwachsenen Attila Viktor Molnár ihren Kolleginnen zeigte, erfolgte ein Aufschrei.

„I werd narrisch"[15], entfuhr es Babs auf schwäbische Mundart und mit großer Heftigkeit, *„des isch dr Doktr Meisner vom Schduergerder Landag."[16]*

„Bist du dir da auch ganz sicher?", fragte Elke aufgeregt.

„Sowas von", erwiderte Babs, *„do kasch dein Hendre druff wetta."[17]*

Elke schaute etwas betroffen ob der Wortwahl ihrer sonst eher ruhigen Kollegin und sagte dann:

„Wenn das wirklich stimmt, dann haben wir eine Sensation, die sich gewaschen hat."

„Den Vogel will ich persönlich fangen", sagte Babs, jetzt wieder auf hochdeutsch. *„Schließlich wohnt der in meiner Heimatstadt."*

„Und ich möchte dabei sein", schloss sich Biggi an.

---

[15] *Ich werde verrückt.*
[16] *Das ist der Doktor Meisner vom Stuttgarter Landtag.*
[17] *Da kannst du deinen Hintern drauf wetten.*

134

„Das muss ich erst abklären", sagte Elke, *„aber ich werde mich an entsprechender Stelle dafür stark machen. "*

Kriminalrat Dörner staunte nicht schlecht, als er von Elke darüber informiert wurde, dass der mutmaßliche Täter sehr wahrscheinlich im baden-württembergischen Landtag zu finden wäre.

„Das wird die schwäbische Volksseele zum Kochen bringen. "

„Und die badische dazu", erwiderte Biggi, die mit Elke zusammen bei Herbert Dörner in dessen Büro saß.

„Meine Kollegin Pföhler hatte die glorreiche Idee mit dem Morphing", sagte Elke. *„Ohne sie würden wir immer noch im Trüben fischen. "*

„Glückwunsch, Frau Pföhler", sagte Herbert Dörner, *„das war sehr gute Arbeit. "*

Biggi bedankte sich. Sie war leicht errötet, als sie die lobenden Worte des Kriminalrates hörte.

„Jetzt bittet sie um eine Belohnung", fuhr Elke fort.

„Und was soll das sein? ", fragte der Kriminalrat erstaunt.

„Sie möchte, zusammen mit ihrer Stuttgarter Kollegin Thies die Verhaftung von Attila Molnár vornehmen", antwortete Elke.

„Da muss ich erst mit meinen Kollegen in Stuttgart Rücksprache halten", erwiderte der Kriminalrat, *„aber in Anbetracht der Verdienste von KHK Pföhler dürfte das wohl in Ordnung gehen.*

Aber es geht hier um eine vorläufige Festnahem und nicht um eine Verhaftung. Noch sind wir nicht sicher, ob Attila Molnár der Täter ist. Oder irre ich mich da?"

Elke musste schlucken. Die Richtigstellung durch Herbert, die schon eher einer Zurechtweisung glich, schmeckte ihr ganz und gar nicht.

Hinzu kam noch das feine Grinserl des Kriminalrates, das nur Elke aufgefallen war. Biggi war viel zu aufgeregt, um es bemerken zu können.

„Sie haben völlig recht, Herr Kriminalrat", erwiderte Elke, ebenso von einem Grinserl begleitet, welches schon mehr einem bedrohlichen Grinsen glich, das nichts Gutes verhieß.

„Gut, dann werde ich das jetzt in die Wege leiten. Sie können gehen, Frau Pföhler, und nochmals Glückwunsch zu ihrem erfolgreichen Vorgehen.

Sie, Frau Storm, bitte ich noch zu bleiben. Es gäbe da noch etwas zu besprechen."

Als Biggi den Raum verlassen hatte, nahm Herbert Dörner den Hörer seines Telefons ab und sagte zu seiner Vorzimmerdame:

„Frau Heinrich, ich möchte die nächste Stunde nicht gestört werden, und bitte auch keine Telefonate."

Herbert Dörner legte den Hörer auf und sagte zu Elke:

„Ich bekenne mich in allen Punkten der Anklage schuldig und nehme die Strafe an."

Elke ging um den Schreibtisch herum und setzte sich auf Herberts Schoß.

„Du schreckliches Mannsbild", sagte sie, *„warum hast du mich vor Frau Pföhler bloßgestellt?"*

„Das hat sie doch gar nicht bemerkt", erwiderte Herbert, *„sie war viel zu aufgeregt."*

„Es ist dir hoffentlich klar, dass dein schändliches Verhalten Konsequenzen haben wird", sagte Elke.

Und noch bevor Herbert darauf antworten konnte, küsste Elke ihn lange und leidenschaftlich.

„Ist das alles?", fragte Herbert, scheinbar enttäuscht.

„Was hast du denn erwartet?", fragte Elke.

„Naja", antwortete Herbert, „ich dachte an Fesseln und Peitsche."

„Oh, mein Gott", erwiderte Elke, „ich liebe einen Perversling..."

*****

Der Frauenkopf ist ein bewaldeter, etwa 460 Meter hoher Berg südöstlich des Stadtzentrums von Stuttgart, nach dem auch ein Stadtteil benannt ist. Auf dem Immobilienmarkt gilt er als Kleinod, für die Stadtbewohner als „grüne Insel".

Hier befand sich auch der Wohnsitz von Dr. Viktor Meisner.

Während Babs die Ruhe in Person zu sein schien, war Biggi äußerst angespannt. Sie waren auf dem Weg zur Villa des Abgeordneten.

„Was ist, wenn er es gar nicht ist?", fragte Biggi.

„Das werden wir dann schon sehen", antwortete Babs,

„Dürfen wir ihn überhaupt verhaften?", fragte Biggi weiter, „hat der nicht Immunität als Abgeordneter?"

„Wir verhaften ihn ja nicht", antwortet Biggi, *„wir wollen ihn ja nur befragen. Und ja, er genießt Immunität. "*

Biggi war gerade im Begriff, ihren Wunsch, bei der Verhaftung anwesend sein zu dürfen, heftig zu bereuen.

„Jetzt beruhige dich erst einmal", sagte Babs zu ihrer jüngeren Kollegin, *„es wird nichts so heiß gegessen, wie es gekocht wird. "*

Die beiden Ermittlerinnen waren bei der Villa angekommen. Zwei Uniformierte hatten sie begleitet.

Als Babs anläutete, öffnete sich die Tür und der Abgeordnete, Dr. Attila, Viktor Meisner, öffnete höchstpersönlich.

„Ich habe Sie schon erwartet. Bitte, warten Sie einen Augenblick, ich ziehe mir nur schnell etwas über. "

*****

Befragung von Dr. Attila, Viktor Meisner

Anwesend sind Kriminalrätin Storm, Hauptkommissarin Pföhler und der Beschuldigte, Dr. Meisner

Nachdem Dr. Meisner Angaben zu seiner Person gemacht hatte, begann Elke mit der Befragung.

„Herr Dr. Meisner, ich möchte mich zunächst dafür bedanken, dass Sie unserer Bitte nachgekommen sind, Sie befragen zu dürfen."

Dr. Meisner unterbrach Elke an dieser Stelle. Er beugte sich etwas vor und sprach in Richtung Mikrofon:

„Ich gestehe die Morde an Friedrich Matt, Karl Steinmann und Torsten Bellheim. Für den Tod eines Obdachlosen bin ich ebenfalls verantwortlich. Dafür schäme ich mich, denn das war nicht gewollt. Für den Tod der drei Erstgenannten empfinde ich keinerlei Reue."

Elke sah den Mann mit großen Augen an. Wie war es möglich, dass er sich gerade eben sein eigenes Grab geschaufelt hatte?

„Sie sollten nichts mehr ohne Ihren Anwalt aussagen", versuchte Elke den Mann vor sich selbst zu schützen, was aber ohne Erfolg blieb.

„Das ist sehr freundlich von Ihnen", erwiderte Dr. Meisner, *„aber ich brauche keinen Anwalt. Ich stehe zu meinen Taten und ich bin bereit, dafür Verantwortung zu übernehmen. Bitte, stellen Sie Ihre Fragen."*

Elke sah in das Gesicht des Mannes. Dr. Meisner hielt Elkes Blick stand.

Und dann geschah etwas Eigenartiges. Elke empfand tiefes Mitleid mit dem Mann, der ihr gegenübersaß und für vier Morde verantwortlich war.

140

Sie konnte in diesem Menschen keine Bestie erkennen, und das verunsicherte sie.

„Sind Sie auch für die vielen Brände verantwortlich?", fragte Elke.

„Ja, sie dienten der Ablenkung", antwortete Dr. Meisner. *„Einer davon geht jedoch nicht auf mein Konto."*

Elke wollte schon *„ich weiß"* antworten, unterließ es aber.

„Können Sie uns etwas über das Motiv Ihrer Taten sagen?"

Dr. Meisners Blick verfinsterte sich. Er ging in seinen Gedanken gerade sehr weit zurück in die Vergangenheit. Dann begann er seine Geschichte zu erzählen.

„Wir, das waren meine Eltern, meine Großeltern und ich, sind aus Ungarn geflüchtet, bevor man uns dort erschlagen hat.

Es waren damals schreckliche Zustände. Die Angst hatte die Menschen fest im Griff. Ich weiß das natürlich nur aus Erzählungen meiner Eltern, viele Jahre später, als ich schon etwas erwachsener war.

Dann kamen wir nach Neckarelz, wo man uns in Baracken steckte, die zuvor von den Nazis benützt worden waren. Die sanitären Zustände waren unmenschlich und unzumutbar.

Als hätten wir nicht schon genug gelitten, gab es die ewig Gestrigen, die noch immer am Märchen eines 1000jährigen Reichs festhielten.

Für die waren wir Abschaum, den es zu beseitigen gilt.

Am Anfang waren es nur Beschimpfungen. Danach folgten Hassparolen, die man nachts an die Außenwände der Baracken schmierte, und am Ende ließen Feuerteufel ihren kranken Gelüsten freien Lauf.

Es brannte fast jede Nacht irgendwo. Auch hierbei hat alles scheinbar harmlos begonnen, so, als wäre es ein dummer Jungenstreich. Es entstanden kleinere Sachschäden als Dokument dafür, dass wir unerwünscht sind.

Das ging eine ganze Weile so, und niemand hörte auf unsere Beschwerden. Wo wir auch hinkamen, man vertröstete uns jedes Mal, man wolle sich darum kümmern."

„Hat denn die Polizei nichts unternommen?", fragte Elke.

Dr. Meisner schüttelte den Kopf.

„Ich wäre Ihnen dankbar, wenn Sie mich meine Geschichte zu Ende erzählen ließen", sagte er mit tonloser Stimme, *„ich werde Ihnen danach alle Fragen beantworten."*

Elke entschuldigte sich.

142

„Dann kam jene Nacht, in der unser Leben völlig auf den Kopf gestellt wurde.

Sie kamen am späten Abend und haben unsere Baracke angezündet. Meine Eltern waren bei Freunden eingeladen und hatten mich mitgenommen. Und meine Großeltern waren zuhause.

Es war eine ganze Horde, so haben Nachbarn erzählt. Alle vermummt und Kampflieder grölend. Und natürlich alkoholisiert.

Für meine Großeltern gab es keim Entrinnen. Sie sind bei lebendigem Leib verbrannt.

Ein paar dieser menschlichen Ungeheuer wurden erkannt. Aber weder Polizei, noch Justiz hat sie zur Verantwortung gezogen.

Sie standen zwar als Angeklagte vor Gericht, wurden aber ausnahmslos freigesprochen. Der damalige Richter war kein anderer als Karl Steinmann, ehemaliger Richter am Volksgerichtshof.

Bedingt durch den Mangel an Juristen nach dem Krieg, hat man diesem Mann erlaubt, Recht zu sprechen. Er hätte es gekonnt, hatte aber nicht das geringste Interesse daran.

Und dann gab es noch den Profiteur Friedrich Matt, der sich insgeheim nach dem Krieg auch weiterhin mit ehemaligen SS-Leuten regelmäßig traf.

Der dritte im Bunde war Torsten Bellheim, ein hirnloser Möchtegern, der dazugehören wollte, und für den die Sprüche von Steinmann und Matt das Evangelium waren.

Meine Mutter hat den Tod ihrer Eltern damals nicht verwunden. Sie zog sich immer mehr aus der realen Welt in ihre eigene Welt zurück.

Irgendwann fand sie keinen Zugang mehr zur realen Welt. Und mein Vater war zu schwach. Er erlag schon sehr bald dem Teufel Alkohol.

Mich steckten die Behörden in ein Heim. Interessanterweise gibt es hierzu keinerlei schriftliche Unterlagen.

Mein großes Glück war, dass mich ein liebevolles ungarisches Ehepaar, das nach Deutschland gezogen war und selbst keine Kinder bekommen konnte, adoptierte und mir den Namen Horváth gegeben hat.

Diesen habe ich dann bei meiner Heirat geändert. Ich habe den Namen meiner Ehefrau angenommen, weil ich glaubte, damit der Vergangenheit endgültig den Rücken zukehren zu können. Aber es hat nicht funktioniert.

Weil ich ein guter Schüler war, durfte ich sogar studieren. Und eigentlich hätte ich fortan ein beschauliches Leben führen können, aber die Vergangenheit ließ mich nicht los.

Ich verfolgte das Leben der drei Mörder, die meine Großeltern und inzwischen mehr oder weniger auch meine Eltern auf dem Gewissen hatten.

Aber mein Hass war nie so groß, dass ich Rachegelüste hegte. Ich hatte mich mit meinem Leben arrangiert. Ich bin in die Politik gegangen und fand darin meine Erfüllung.

Das hätte wohl auch bis in alle Ewigkeit so weitergehen können, hätten sich nicht mehrere Dinge fast gleichzeitig ereignet.

Mein Vater hat im alkoholisierten Zustand einen Menschen totgefahren und kam ins Gefängnis.

Meine Mutter hat sich in der Psychiatrie das Leben genommen.

Und Friedrich Matt stand kurz davor, Präsident des Bauernbundes zu werden und war im Gespräch für das Bundesverdienstkreuz.

Das alles führte dazu, dass sich meine verdrängten Gefühle von Trauer, Hass und scheinbarer Ohnmacht zu Rachegelüsten umwandelten und nach Befriedigung drängten.

Ich habe mich lange dagegen gewehrt, aber je länger ich mich dagegen gesträubt habe, umso größer wurde der Durst nach Rache.

Dann habe ich einen Plan erarbeitet und zur Durchführung gebracht. Es ging mir dabei darum, bestimmten Menschen das Gefühl zu vermitteln, wie es ist, wenn man alles verliert.

Ich habe nie dabei daran gebracht, Menschen das Leben zu nehmen. Bei Karl Steinmann ist es dann aber doch passiert.

Steinmann traf sich normalerweise an jedem Freitagabend mit Kollegen zum Stammtisch. Ein anderer Kollege holte ihn mit dem Auto ab.

Ausgerechnet an jenem betreffenden Freitag war der Kollege verhindert und Steinmann blieb zuhause. Das wurde ihm zum Verhängnis. Das Feuer war schneller.

Ich müsste lügen, würde ich sagen, dass es mir leidtut. Er hätte das alles, was passiert ist, verhindern können, hätte er damals Recht gesprochen, als die Belästigungen der Flüchtlinge angefangen hatte.

Torsten Bellheim habe ich vorsätzlich getötet. Über die Gründe dafür möchte ich nicht sprechen.

Was mich zutiefst in der Seele schmerzt, ist der Tod des Obdachlosen. Ich weiß, was es bedeutet, wenn man kein Zuhause mehr hat und wie ein Aussätziger behandelt wird.

Ich bin am Ende meiner Schilderung, Frau Storm, und wenn Sie noch Fragen haben, dann werde ich diese beantworten. Aber bitte keine Fragen zu Torsten Bellheim. Vielen Dank."

Elke war wie paralysiert. Sie hatte im Laufe der vielen Jahren, in denen sie in ihrem Beruf tätig war, schon so einiges erlebt, und sie hätte nie geglaubt, dass sie irgendetwas oder irgendwer noch überraschen könnte. Aber gerade wurde sie eines Besseren belehrt.

„Haben Sie nie dabei an Ihre Familie gedacht?", fragte Elke, *„Sie haben doch eine sehr nette Frau und zwei hübsche Töchter."*

Der Beschuldigte zeigte zum ersten Mal eine Gefühlsregung. Hatte er sein Geständnis wie ein Roboter heruntergebetet, so traten jetzt Tränen in seine Augen.

„Die Vergangenheit hat die Gegenwart überrollt, und ich konnte nichts dagegen tun", antwortete Dr. Meisner.

Elke gab sich mit dieser Antwort zufrieden. Was hätte sie sonst auch tun können. Sie fragte sich, wie sich etwas Unmenschliches wie Mord mit etwas Menschlichem wie Hilflosigkeit seinen eigenen Gefühlen gegenüber vereinbaren ließe, fand aber keine Antwort darauf.

„Herr Dr. Meisner, ich verhafte Sie wegen Mord in drei Fällen und Totschlag in einem anderen Fall, sowie Brandstiftung in mehreren Fällen."

Als ein Uniformierter Dr. Meisner abführte, sagte Elke ganz leise:

„Es tut mir leid."

Dr. Meisner hatte es dennoch gehört. Er wendete den Kopf und erwiderte, ebenfalls mit gedämpfter Stimme:

„Ich danke Ihnen."

Elke verließ den Verhörraum. Als sie auf ihre Kolleginnen traf, blickte sie in Gesichter voller Ergriffenheit. Sie sahen einander an und keiner sagte auch nur ein einziges Wort...

*****

Die Vorgesetzten der SOKO Besemi, die Kollegen vom LKA Stuttgart, sowie das Polizeipräsidium Heilbronn mit dem Mosbacher Revier waren voll des Lobes über den Ermittlungserfolg, und die regionalen und überregionalen Zeitungen überschlugen sich förmlich in ihrer Berichterstattung.

Die Damen um Elke Storm indessen konnten sich nicht so sehr darüber freuen. Es war ein Erfolg, dem ein bitterer Beigeschmack innewohnte, weil er wieder einmal die hässliche Seite der menschen Seele aufzeigte.

Angst vor Fremden, vor dem Unbekannten führt sehr schnell zu Ablehnung und viel zu oft weiter bis zum Fremdenhass.

Und was daraus werden kann, zeigt die Geschichte schon so lange, sich die Welt sich dreht.

148

Als die Ermittlerinnen sich ein letztes Mal mit ihren inzwischen liebgewonnen Stammtischbrüdern zusammensetzten, war es ganz anders als sonst.

Es gab keine verbalen Auseinandersetzungen, keine dummen Bemerkungen, selbst Otto, der Mann mit der losen Zunge, hielt sich an diesem Abend zurück.

Man tauschte Adressen aus und versprach einander, in Verbindung zu bleiben.

Ähnlich verlief die Verabschiedung mit den Beschäftigten von *Care und Help.*

Ein zwangloses Beisammensein bei Kaffee und Kuchen und ein paar Selfies. Danach ging man auseinander.

Lediglich Augusta hatte ein Geschenk für Marianne. *„Für deinen Garten"*, sagte sie und drückte Marianne ein besonders schönes Exemplar einer „Lilium auratum", einer japanischen Berglilie in die Hand. *„Damit du mich nicht vergisst"*, fügte Augusta noch hinzu und umarmte Marianne dabei.

„Das werde ich ganz sicher nicht", erwiderte Marianne, *„ich habe so viel von dir gelernt und dafür danke ich dir von ganzem Herzen."*

*****

Während Eva Anna und Marianne schon auf dem Heimweg in die Wachau waren, fuhren Babs und Biggi wieder direkt zu ihrer Dienststelle nach Stuttgart.

Elke hatte beschlossen, noch einen Tag dranzuhängen. *„Wegen Papierkram und so"*, hieß die offizielle Version. Der wahre Grund hieß jedoch Herbert , und das war nicht nur ein guter Grund, sondern auch ein ganz besonders schöner…

*****

Süddeutsche Zeitung

Der Feuerteufel ist gefasst

Neckarelz *Die SOKO Besemi, eine Einrichtung des Innenministeriums beider Länder, der je zwei Damen vom LKA Stuttgart und vom LKA Krems (Österreich) angehören hat einen tollen Erfolg erzielt.*

Unter der Ägide von Oberkriminalrätin, Elke Storm, haben die vier Damen den Feuerteufel von Neckarelz, dem auch vier Morde angelastet werden, zur Strecke gebracht. Es handelt sich um einen namhaften Politiker vom baden-württembergischen Landtag, der ursprünglich als Flüchtling aus Ungarn gekommen war.

KHK Babs Thies, ChefInsp. Marianne Langmayr, KHK Brigitte Pföhler (obere Reihe v.l.n.r.), KOR Elke Storm und KontrInsp. Eva Anna Gruber (untere Reihe)